Mittendrin …

Gudrun Vehlen

Mittendrin …

Ein kleines Büchlein über die
"ganz normalen" Tücken des Alltags.

Bibliografische Information der Deutschen Nationalbibliothek:
Die Deutsche Nationalbibliothek verzeichnet diese Publikation in der Deutschen
Nationalbibliografie; detaillierte bibliografische Daten sind im Internet
über http://dnb.d-nb.de abrufbar

Herstellung und Verlag: Books on Demand GmbH, Norderstedt

ISBN: 9783839142486

Inhalt

Do you speak english ?

Herrlich .... Urlaub ....
Meine Freundin und ich, wir ließen es uns gut gehen. Las Palmas ist nicht gerade der Ort, wo man
sich gemütlich und ruhig am Strand aufhalten und
sich in der Sonne aalen kann. Es ist eher ein Ort,
wo Kontakte geknüpft werden, wo junge Menschen
den Abend in verschiedenen, lauten Diskos
genießen, tanzen, lachen, trinken und, wie ich
schon sagte, wo man durchaus mit dem einen oder
anderen Menschen anbandeln kann.

Wir beide genossen unseren Urlaub in vollen
Zügen, wir lagen faul am Strand, unternahmen
Ausflüge und amüsierten uns, wo wir nur konnten.

An diesem Abend hatten wir uns mächtig in Scha-
le geschmissen und bummelten nach einem wun-
derbaren Essen in einem sündhaft teuren Restaurant auf der Strandpromenade in die Richtung, wo
noch laute Musik zu hören war. Die Luft war wie
Seide, in einigen Ecken knutschten die Pärchen und
meine Freundin seufzte: „Ach ja ....".
„Was heißt das denn?" Ich schaute sie an.
„Brauchst Du einen Mann?"
„Och nö — es ist noch nicht dringend".
Wir beide kicherten vergnügt.

Wir waren Singles, die letzten Freunde hatten wir vor einiger Zeit in den Wind geschossen, aber trotzdem ... wir fühlten uns wohl und vermissten nichts. Oder doch?

Gegen 23:00 Uhr landeten wir im „Lord Nelson", der lautesten und überfülltesten Diskothek am Strand. Dienstbeflissen eilte der Kellner herbei um uns auf zwei freie Plätze aufmerksam zu machen. Ich blickte mich um und genau in diesem Moment sah ich in zwei blitzende Augen, die mir übermütig zublinzelten.

„Sieh mal an", das waren so meine Gedanken, „der will mich wohl anmachen? So ein frecher Typ! Er hat doch schon zwei Mädchen im Arm und sucht noch weiter nach Kontakt."
Ich schaute demonstrativ in die andere Richtung – er musste ja nicht merken, dass ich ihn heimlich betrachtete.
Er saß da wie Don Juan, braun gebrannt, in blütenweißen Jeans und einem weißem Hemd.
Gut sah er aus – verdammt gut.

Er trug sein blondes Haar, wahrscheinlich von der Sonne gebleicht, ein bisschen länger. Es lugte ihm über den Kragen des weißen Jeanshemdes. Im Gegensatz dazu war sein Oberlippenbart ganz dunkel.
Breite Schultern hatte er und ich stellte mir vor, wie ich mich daran anlehnen konnte, wie schön es wäre, sich an diese Brust zu kuscheln, wie seine

Arme mich an ihn drücken würden.

"Nun ist aber gut, das gibt's doch gar nicht. Wie kann ich denn nur so schnell an so etwas denken? Ich kenne den doch gar nicht!" Ich spürte seinen Blick auf meinem Gesicht. Kann er Gedanken lesen? Seine grauen Augen suchten meine Augen, sie trafen sich und ich schaute ganz schnell wieder weg.

Da sitzt er, in dem einen Arm hat er eine Blonde, im anderen Arm eine Rothaarige. Er lachte, scherzte und flirtete, dass sich die Balken bogen. Zudem schmiss er mit dem Geld nur so um sich.

„Ach du liebe Zeit!" Jetzt hatten wir auch noch einen Platz direkt ihm gegenüber erwischt. Na, das konnte ja heiter werden!

Als ich dem Kellner unsere Bestellung aufgab, konnte ich seine frechen Blicke förmlich spüren, aber eisern wich ich ihnen aus. Mit so einem Typ wollte ich nichts, aber auch gar nichts, zu tun haben.

Der „Don Juan" wandte sich wieder seinen Begleiterinnen zu und begab sich dann eng umschlungen mit der Rothaarigen auf die Tanzfläche.

„Ob sie überhaupt noch Luft kriegt? So hübsch ist sie nun auch wieder nicht. Und die Haare sind auch gefärbt."

Zehn Minuten später stand er vor mir. Seine Augen versanken in den meinen:

„Do you speak english?"

„So eine blöde Frage", innerlich verdrehte ich die Augen. „Das wirst Du ja wohl gehört haben."
Aber das sprach ich natürlich nicht aus. Stattdessen antwortete ich: „Yes, I do."
„Do you ... äh, ich meine ... you want to dance with me?"
Es war nicht zu überhören, seine englischen Sprachkenntnisse stammten wahrscheinlich aus der neuesten Hitparade.
Und damit begann mein Auftritt.
Seine feste Überzeugung, dass ich eine Engländerin sei, unterstützte ich sehr eifrig, indem ich an diesem Abend kein deutsches Wort mehr sprach.
Wir tanzten viel miteinander, die Musik war laut und es kam eine lange Zeit kein Gespräch in Gang.
Aber je später es wurde, um so leiser und romantischer wurde auch die Musik.
Ich lag in seinen Armen und fühlte mich wohl.
Seinen Atem spürte ich in meiner Halsbeuge und an meinem Ohr.
Er flüsterte mir einige Worte zu, die ich angeblich nicht verstand. Da schob er mich von sich, schaute mich an, runzelte die Stirn und kramte mühsam englische Vokabeln aus seinem Gedächtnis.

Er quälte sich fürchterlich und bemühte sich, mir seine Gefühle mit Händen und Füßen verständlich zu machen.

Nur mühsam konnte ich mir so manches Mal ein lautes Lachen nicht verkneifen, vor allen Dingen, weil der Ärmste nicht auf die Idee kam, mich zu fragen, wo ich denn eigentlich zu Hause sei.

Diese Frage stellte er erst auf dem Weg zu meinem Hotel.

Es war gegen 04:00 Uhr morgens, der Strand lag verlassen da, die Sonne zeigte ihren ersten Glanz am Himmel und färbte ihn blutrot. Das Meer wurde in ein unwirkliches Licht getaucht. Einige kleine Boote konnte man auf dem Meer entdecken. Eine gefährliche romantische Stimmung!

„From Germany!"

Es traf ihn wie ein Donnerschlag. Erstarrt sah er mich einige Sekunden lang schweigsam an. Dann holte er tief Luft: „Ja, dann können wir ja endlich deutsch miteinander reden!"

„Ja" lachte ich ihn an. „Und, wenn Du magst, dann können wir das auch noch ganz lange tun!"

Die verregnete Hochzeit

„Na, was habe ich Dir gesagt?!!"

Am Tage vor unserer Hochzeit war Peter mit diesen Worten nachmittags ins Zimmer gekommen, ans Fenster gestürzt und hatte auf etwas Dunkelgraues am Himmel gezeigt. Ganz klar: Eine Regenwolke - und was für eine!

Mürrisch nörgelte er: „Ich habe es Dir hundertmal gesagt ... an dieser blöden Hochzeit wird es regnen. Hundertmal hab' ich's gesagt. Aber Du musstest ja diesen Firlefanz haben, das lange weiße Kleid, ich diesen Beerdigungsanzug und die widerlichen neuen Schuhe.
Und warum, frage ich Dich, warum?
Für die Leute!"

„Armleuchter!"

Der Armleuchter, der Mann meines Lebens, war mir eigentlich sehr sympathisch. Aber über diesen Punkt hatten wir uns immer wieder gestritten. Aber jetzt - Gott sei Dank - gab es doch eine richtige weiße Hochzeit, nicht nur den Blitzbesuch beim Standesbeamten und danach ein Bier in der Kneipe, wie Peter es ab liebsten „hinter sich gebracht hätte".

Er konnte sich nicht beruhigen.

„Pass auf", brummte er verdrossen „wir werden klitschnass. Das da hinten", und er deutete mit drohendem Zeigefinger auf die dunkle Wolke, „dauert nämlich etwas länger. Alle werden sich furchtbar erkälten. Und", jetzt kam der Höhepunkt seiner düsteren Ahnungen, „wir werden nicht verreisen, sondern müssen ins Bett."

„Was nicht das Schlechteste wäre", warf ich ein.

„Hör' auf, Witze zu machen", maulte er griesgrämig und wiederholte: „Wofür das alles, wofür?"

Ich seufzte: „Weil es mich glücklich macht. Weil ich, auch wenn Du das doof findest, von einer weißen Hochzeit träume. Weil ich hoffe, dass das ein wunderschöner Anfang unseres gemeinsamen Lebens ist."
„Und dafür musst Du Dich verkleiden?"

„Ja, genauso wie ich zum Tanzen gerne ein Kleid anziehe, zum Gammeln meinen Riesenpulli und zum Schlafen ein Nachthemd. Darum möchte ich, dass wir auf unserer eigenen Hochzeit besonders festlich aussehen." Immerhin, er hatte mir zugehört.

Am nächsten Tag regnete es nicht - es goss in Strömen. Peter sah großartig aus in seinem schwarzen Anzug und wusste das auch.

Als die ganze Gesellschaft sich langsam die regennassen Stufen zur Kirche hinaufbewegte, stolperte eines der kleinen Mädchen, die Blumen streuten, rutschte zwei Stufen zurück und putzte dann die Schuhe an etwas Weichem ab. Mutter schrie: „Das Kleid! Um Himmelswillen, das Kleid!"

Peter, steif wie ein Brett, wollte helfen und trat dabei auf eine rutschfeste Unterlage. Es ratschte verdächtig. „Hab ich noch was an?" fragte ich zaghaft.

Der Pfarrer sprach ein paar vernünftige Worte und ich schielte vorsichtig zu dem Mann, mit dem ich gerne bis zu meinem Tod zusammenbleiben wollte. Da sah ich, dass er mich voll ansah. Für eine Sekunde oder auch für eine kleine Ewigkeit hörten wir nichts mehr, vergaßen die Umwelt, waren allein.

Und als er mich in die Arme nahm und flüsterte: „Du bist wunderschön - und so nass", war das das Letzte, was wir an diesem Tag von dem unseligen und wolkenbruchartigen Regen bemerkten.

Geliebter Montagmorgen ....

Zwei meiner Wecker haben schon ihr Leben lassen müssen, als ich sie an die Wand schepperte, und jetzt passiert bald wieder ein kleines Unglück.

Ich liege noch eingekuschelt im Bett, er ist aber schon fröhlich und wach, gewaschen und frisch rasiert. Nach Eau de Cologne, Deo und Zahnpasta duftend, verkündet er lauthals, dass es schon halb sieben sei, ich früher ins Bett gehen solle, wenn ich morgens nicht raus komme. Außerdem solle ich nicht so furchtbar lahm sein, ich wüsste doch ganz genau, wie lange ich im Bad brauche.
Ich solle wenigstens ein Auge aufmachen, weil er endlich seinen Kaffee haben möchte, damit er nicht zu spät komme, weil doch um diese Zeit die Straßen einigermaßen frei seien.

Ob ich nicht wisse, wo seine Krawatte sei, und ob ich seinen Kamm irgendwo gesehen habe, und dass er sich Geld fürs Tanken nehme, und dass ich nun aber endlich aufstehen müsse.

Ja! Ja! Ja!

Im Bad blinzle ich ins Licht, entdecke den Abdruck meines Kopfkissens auf einer Gesichtshälfte.

Die Haare liegen so, wie sie nicht sollen, und eigentlich schlafe ich noch halb. Das gibt sich erst, wenn ich unter der Dusche war.

Danach habe ich auch den Mut, wieder in den Spiegel zu schauen, was unerlässlich ist, da jetzt die Tuscherei anfängt. Zwischen Wimperntusche und Lippenstift trinke ich im Stehen eine Tasse Kaffee. Dann bin ich wach!

Endlich sitzen wir im Wagen. Da reden wir meist nicht, weil er sich auf den Verkehr konzentrieren muss. Wir lassen uns von der Musik und den Nachrichten aus dem Radio einlullen.

Gelegentlich bekomme ich Hinweise, dass ich mir bloß den da mal ansehen solle und wie viel Idioten vor uns führen, und wieso man diese Leute überhaupt auf die Straße lasse, die ihren Führerschein im Lotto gewonnen haben. Ihm ist das unverständlich.

Ich habe im Laufe der Zeit die Erfahrung gemacht, mich mit meinen Kommentaren zurückzuhalten, sitze ganz ergeben da und nicke mehr oder weniger zustimmend mit dem Kopf. Dabei sehe ich ihn gern von der Seite an.
Ich mag sein Profil, seinen leicht grauen Bart, der mal wieder nachgeschnitten werden könnte, den Mund, mal fröhlich mit Grübchen an der Seite,

mal lächelnd, mal frech grinsend, mal zusammen-
gekniffen und verbissen, mal schmollend.

Ich bin da!
Ich muss mich beeilen und wir müssen uns ver-
abschieden. Küsschen auf die Wange, weil sonst
der Lippenstift verschmiert. Ermahnung, dass ich
pünktlich Feierabend machen und ich doch bitte in
der Mittagspause einkaufen solle, weil ihn das
nerve, abends lange an der Kasse zu stehen.
Auf geht's.

„Guten Morgen".
Los lächle, zeig' deine frisch geputzten Zähne und
tu' so, als gäbe es nichts Besseres, als an einen
frühen Montagmorgen mit der Arbeit zu beginnen.
Bloß kein müdes oder nachdenkliches Gesicht zei-
gen, sonst geht die nervenaufreibende Fragerei
los.
Ob es mir nicht gut ginge, das Wochenende zu
anstrengend gewesen sei, usw. usw ....

Ich kann beim besten Willen nicht erzählen, dass
ich trotz des Bombenwetters nicht einen einzigen
Spaziergang gemacht habe, weil wir am Samstag
ganz furchtbar versackt sind und zum Ausgleich
den ganzen Sonntag vergammelt haben, und ich
nicht einmal den obligatorischen Sonntagsbraten
auf den Mittagstisch gebracht habe, sondern nur
eine heiß gemachte Dosensuppe.

Wir Mädchen über 40 . . . . . .

Vor einigen Tagen stolperte ich in einer — ich gebe zu - sehr schwungvoll und forsch geschrieben Stellenanzeige - über den Satz „der Bewerber/die Bewerberin sollte das 30. Lebensjahr nicht überschritten haben" oder so ähnlich.
Ich habe lange überlegt und bin trotzdem hinter das WARUM nicht gekommen. Auch heute denke ich noch darüber nach und verstehe es immer noch nicht.

Als ich aber dann unlängst in einem Gespräch hören musste, daß es sich nicht lohne, eine Bekannte genauer zu beschreiben, da sie ja „schon über 40 sei und so alte Frauen könnten ja nicht mehr anziehend wirken", da ging mir das doch dann ganz gewaltig gegen die Hutschnur.
Denn ich bin ein Mädchen über 40 !

Wir Mädchen über 40 haben mittlerweile eine Menge guter und böser Erfahrungen gesammelt und setzen diese auch unbedingt ein. Wir lassen nicht pünktlich auf Glockenschlag unser gesamtes „Werkzeug" fallen, weil wir ein dringendes Date mit dem neuen Schwarm wahrnehmen müssen. Wir sind für unsere Chefs da und sorgen dafür, dass er auch nach vier Uhr noch seinen Kaffee oder Tee hat.

Selbstverständlich findet sich auch in unserem Schreibtisch immer eine Aspirin, wenn der Büroalltag an seinen Nerven zerrt.

Selbstbewusst gehen wir durch die immer wiederkehrenden Alltäglichkeiten, und wir wissen es genau: „Ein hübsches Lärvchen allein tut es nicht!" Und auch ein Super-Mini und maßlos lange schlanke Beine (natürlich unter 30) täuschen uns nicht. Wir lächeln nur leise vor uns hin, wenn die Augen der Herren strahlen und sich absolut nicht abwenden wollen.
Wir übernehmen auch ohne Murren anfallende Arbeiten, die entstehen, wenn junge Mädchen wegen ihrer Tage oder Schwangerschaft ausfallen.

Wir stehen auch in der Elternversammlung auf und bitten laut um Vertagung der Sitzung bis etwas Dringenderes auf der Tagesordnung steht als ausgerechnet "entdeckte Kondome in den Jungentoiletten", „neue Seifenbehälter, weil die alten unmodern sind" oder ähnliche Nichtigkeiten.

Und die Mädchen über 40 stehen auch noch nach Feierabend ihre Frau. Geduldig und nachsichtig lauschen sie den Problemen des Ehemannes, verstehen und bedauern. Massieren seine verkrampften Schultern, lassen ihm sein Bad ein, schrubben seinen Rücken und träumen hin und wieder von seiner Traumfigur vor 20 Jahren.

Ich persönlich habe auch keine Probleme damit, während eines Rockkonzertes, das ich "trotz meines Alters" immer noch besuche, voller Begeisterung auf einen Stuhl zu steigen und laut klatschend mitzugrölen.

Es macht mir überhaupt nichts aus, mich mit den Kids der Straße beim Fußballspiel zu messen (natürlich ohne Chance) und mich mit meinen Nichten kichernd und quietschend im Gras zu wälzen.

Ich mache mit Freuden auch noch in meinem Alter jedes Jahr meine „Camel-Tour", abwechselnd in verschiedenen Staaten Amerikas, kämpfe mich zu Fuß durch den Urwald von Venezuela, von den 30 Tagen in Indien ganz zu schweigen.

Aber auch die Kleinigkeiten, wie z.B. heute noch an fremden Türen zu klingeln und dann die Beine unter die Arme zu nehmen, bereiten mir ein unbändiges Vergnügen. Es war für mich auch überhaupt kein Problem, das Haustier einer Bekannten zu bewundern — es war eine Ratte.

Wieso — zum Teufel — bin ich eigentlich alt ?

Fußball im Fernsehen

Es ist immer richtig, wenn sich befreundete Ehepaare zum Fernsehfußball zusammentun; acht Augen sehen mehr als vier, man kann die Spieler auf der Mattscheibe so richtig schön kritisieren, und so ein Fernsehnachmittag ist ein tolles gemeinsames Erlebnis .... dachte ich.

Vorige Woche hatte sich meine bessere Hälfte, angetan mit seinem besten Sportdress, längst vor Anpfiff, auf den Weg zu den Nachbarn gemacht, um sich dort - wie er sagte - ein ungeheures wichtiges Spiel anzuschauen. Ich selbst kam eine Viertelstunde zu spät, und das war ein Fehler, den ein halbwegs normaler Zeitgenosse nur einmal machen sollte.
Schon beim Türe öffnen zischte meine Nachbarin mich vorwurfsvoll an: „Eins zu Null für die Anderen!"

Dann ergriff sie mich, zerrte mich ins Wohnzimmer, packte mich neben sich aufs Sofa.
„Guten Abend zusammen!" sagte ich bescheiden.
„Du Idiot!" brüllte mein Nachbar, sein rotes Hemd glomm wütend durch die Finsternis, denn man hatte natürlich, weil es draußen noch hell war, die Rolläden heruntergelassen, damit die letzten Details des Spieles nicht verloren gingen.

Der Nachbar ist sonst eher ein lieber, ruhiger Typ. Ich schnappte nach Luft. Als jedoch mein Mann aus dem Idioten einen Blödmann machte, beruhigte ich mich - die Beiden unterhielten sich mit dem Rechtsaußen.

Wie heißt eigentlich der Feind?

Hätte ich doch nur meinen Mann zu Hause gefragt, als er noch seine Krawatte anhatte! Nun musste ich nach einer Formulierung suchen, die meine Bildungslücke nicht offen zeigte und so kurz wie möglich war. „Wer spielt gegen wen?" ging nicht, denn das hatte der Sprecher in seiner Ansage, die ich ja verpasst hatte, schon gesagt. Dann fiel mir etwas ein. „Wer hat denn was an?" Ich fand das sehr raffiniert. „Die Weißen", schnarrte mein Mann, als habe er es mit einem lästigen Insekt zu tun, „sind unsere!"

Ich versuchte es also mit genauem Hinsehen, aber das führte zu nichts. Die eine Partei war für mich in silbernes Grau, die andere in gräuliches Silber gekleidet. Das musste an meiner Brille liegen. Als ich die einmal ordentlich putzen wollte, merkte ich, dass ich sie nicht nur nicht auf der Nase, sondern gar nicht bei mir hatte. Natürlich durfte ich diesem blamablen Sachverhalt nicht eingestehen, sondern musste nun dasitzen und meinen Mund halten.

Neben mir schimpften die Herren: „Die Schlafmütze! Willst Du wohl aufstehen, schlafen kannst Du im Bett! Der hat getreten - gemeiner Hund!"

Dann angelte mein Mann mit der Hand in der Tiefe herum. Was anbiss, war eine Weinflasche. Er befeuchtete den Boden seines Bierglases, den Blick ununterbrochen auf die Mattscheibe gerichtet. Mit einem großen Schluck leerte er sein Glas und kippte den zahmen Mosel hinunter.

Ich mußte lachen - laut! Und das gerade in dem Moment, als beim Spiel etwas Schreckliches passierte - ein Tor für die Anderen! Ich kann von Glück sagen, dass man mich nicht hinausgeworfen hat.

Als ich mich mit dem Drehverschluss meiner Cola-Flasche abmühte, brach auf der Scheibe lauter und rauschender Jubel aus. Ich sah gerade noch, wie sich einige Helden innig umarmten und auch unsere beiden Herren fielen sich unter Tumult in die Arme.
Von da an hielt ich meinen Mund und drückte nur noch krampfhaft die Daumen. Sollte diese Sache auf dem Bildschirm schlecht für uns ausgehen, dann hätte ich bestimmt nichts zu lachen. In den Augen meiner Kampfgefährten wäre ich nämlich diejenige, die es vermasselt hätte!

Warum Ihr weint und meine Tränen anders sind .,..

Alle tragen schwarz — genau wie ich.
Ihre Tränen, meine Tränen, sie werden geweint aus dem gleichen Grund, aber ihr Schmerz ist anders als meiner, muss anders sein — doch wer versteht das, glaubt das ?

Nun, sie verbindet mich mit ihnen, die mich kaum kennen, die ich kaum kenne. Die Familie versucht man zu trösten, drückt ihnen stumm die Hände. Sie haben Menschen um sich, die mit ihnen fühlen, die mit ihnen trauern, nicht um sie.

Warum ich hier bin, verstehen sie es überhaupt?
Ja, es ist schlimm für sie, aber sie gehörte ihnen doch nicht alleine.
Ich habe sie gekannt — vielleicht besser als sie.
Aber ich bin eine Fremde; was ich verloren habe, können sie nicht begreifen.

„...in die ewige Seligkeit eingehen ...", wenn er doch nur aufhören würde damit, vielleicht gibt es ja gar kein ..., nein, es muss doch noch etwas danach geben, es kann doch nicht einfach so zu Ende sein.

Warum kann ich nicht aufwachen, endlich wach werden ...?

Sie beten noch immer, warum kann ich nicht beten – mit ihnen, warum singen die Vögel noch, der Sommer ist doch vorbei?!

Wer von ihnen weiß, worüber wir beide gelacht und getratscht haben, wenn wir unseren „Frauenabend" genossen, auf dem Teppich sitzend, Wein trinkend und einen alten Film schauend.

Wer von ihnen kann sich vorstellen, wie wir beide tränenüberströmt und schluchzend bei „Die Brücken am Fluss" massenweise Tempos verbraucht haben?
Wer kann sich vorstellen, wie wir über die Männer gelästert haben, über ihre Eitelkeit und kleinen Schwächen?

Wie oft wollten wir einfach unsere Koffer packen, losfahren, die Welt sehen und Arbeit Arbeit sein lassen? Wieviele Träume hatten wir noch? Reisen wollten wir ... einmal noch zusammen nach Asien.

Wer hat Deine Traurigkeit und Ängste wirklich erlebt, als Du krank wurdest und nicht mehr die Kraft hattest zu weinen. Was wussten sie wirklich von Dir?

Sie war ein Teil von Euch, aber mir gehörte ihr Vertrauen. Sie war meine Freundin.

Ich verstehe Euren Schmerz, der auch in mir ist und den ich empfinde, aber ich war auch ein Teil ihres Lebens, der Teil, den Ihr nicht kennt.

Ich würde Euch gerne davon erzählen, denn es war eine schöne gemeinsame Zeit, die ich Euch begreiflich machen möchte, damit Ihr auch mich versteht.

Damit Ihr versteht, warum ich hier bin, warum ich schwarz trage — wie ihr .... warum ich weine — warum meine Tränen genau so echt sind wie die Euren — und doch anders .....

Bewegung tut gut ...

„Also", meine Freundin stemmte die Hände in die Hüften „Bewegung muss sein! Du sitzt schließlich den ganzen Tag auf Deinem Hintern, schaust in den PC und hast kaum Bewegung. Und überhaupt kann man bei diesem Wetter ja auch nichts draußen machen."
Sie rollte mit den Augen ihr Ton wurde bittend: „Ach - geh' doch mit, dann bin ich nicht so alleine und wir können uns gegenseitig motivieren."

Die Rede war von einem Fitness-Studio.

Der Gedanke an ein Fitness-Studio rief bisher in mir die Vorstellung von tollen Frauenkörpern in glänzenden eng anliegenen Anzügen hervor, von den Männerkörpern ganz zu schweigen. Ich seufzte und war sehr geteilter Meinung. Und nun schwärmte mir meine Freundin vor, dass man wirklich was für seinen Körper tun kann, alles sehr gesund sei und überhaupt - und das gab dann auch den Ausschlag - ich ja auch schließlich was tun müsse.
Ich gebe ehrlich zu, ich wurde nachdenklich, betrachtete mich kritisch im Spiegel, entdeckte meine (angeblichen) Problemzonen und kam dann zu dem Ergebnis: „Ich schau' mir den Laden mal an!"

Gesagt - getan. Ein Termin war schnell vereinbart. Ich wurde sehr nett empfangen, man fragte mich über meine sportlichen Aktivitäten aus, ich durfte ganz genau erklären, wo meine Probleme lägen und wie denn mein Ziel aussähe.

Mein Ziel? Ich hatte keine Ahnung. Abnehmen? Nein, abnehmen würde ich wohl nicht, aber für Kondition und Wohlbefinden sei Fitness eine tolle Sache.

Dann durfte ich auf dem Fahrrad strampeln. Liebe Zeit, nach einigen Minuten brach mir der Schweiß aus, meine Beine wurden schwerer und schwerer, aber ich wollte mich nicht unterkriegen lassen. Beim Kräftemessen an den verschiedenen Geräten musste ich mir eingestehen, dass meine Ausdauer sehr zu wünschen übrig ließ. Nach ungefähr einer Stunde war ich ganz schön fertig. Meine Grenzen hatte ich erreicht, meine Beine waren irgendwie Pudding.

Ich hatte nur einen Gedanken: „Hoffentlich spricht mich jetzt keiner an, ich hab' einfach nicht die Luft für ein Gespräch!"

Meine Freundin, die mich natürlich heimlich beobachtet hatte, schmunzelte still vor sich hin und murmelte was von Muskelkater. „Warte nur ab, morgen wirst Du nicht aufstehen können. Und wenn überhaupt, dann kommst Du keine Treppe rauf oder runter".

Warum tue ich das eigentlich?

Aber - oh Wunder - ich wurde gelobt ... „Prima Ergebnis ... das läuft doch ganz gut ... na ja, die Beinarbeit und die Ausdauer .... aber das kriegen wir auch noch hin ..... wir arbeiten mal ein Trainingsprogramm aus, und dann werden wir sehen".

Die Mitarbeiterin strahlte mich an. „Zweimal in der Woche Training, das wäre optimal - haben Sie Lust dazu?"

Meine Freundin frohlockte: „Mensch, klasse, dann gehen wir zusammen. Zu zweit macht es auch viel mehr Spaß. Komm schon, sag' ja."

Ich weiß auch nicht, welcher Teufel mich ritt, war es die Begeisterung meiner Freundin, war es das Lob, dass ich wohl doch nicht so unsportlich war oder war es einfach nur das Wissen „Bewegung tut gut"?

Ich sagte zu.

Einige Tage später ging es dann richtig los. Ich bekam meinen Trainingsbogen, in dem ganz genau aufgeschlüsselt war, wie oft ich meine Übungen an welchen Geräten absolvieren sollte. Während der folgenden guten Stunde nahm mich die freundliche Mitarbeiterin an die Hand, ging mit mir von Gerät zu Gerät, erklärte, stellte ein und hatte überhaupt alle Zeit der Welt, meine Fragen zu beantworten und Hilfestellung zu leisten.

Ich fühlte mich sehr gut betreut und bekam allmählich Freude an der Sache.

An die beiden folgenden Trainingsstunden erinnere ich mich aber dennoch mit deutlich gemischten Gefühlen. Ich irrte umher, suchte die entsprechenden Geräte, die Namen haben wie „Beinstrecker", „Lumbago" und „Ergometer".
Heute weiß ich, dass das Gerät mit dem Namen „Ab/Adduktoren" so aussieht wie ein gynäkologischer Stuhl.

Jetzt bin ich schon fast ein Jahr dabei, gehe zwei mal in der Woche und habe - genau da, wo ich wollte - 5 cm abgenommen und komme auch nicht mehr ins Schnaufen, wenn ich mal in den 3. Stock renne.
Also - ich bin zu dem Ergebnis gekommen „Bewegung tut gut".

Übrigens, meine Freundin ist schon lange nicht mehr dabei.

Quälgeister am Telefon

Die Kugel klatschte genau hinter dem Held meines Buches in die feuchte Wand. Der warf sich mit einem Satz nach links und ...... Just in diesem Moment klingelte das Telefon. Das kann doch wohl nicht wahr sein!

Eine gewinnende Männerstimme: „Hallo Frau Vehlen, ich bin gerade in Ihrer Nähe und da dachte ich, ich schau' mal bei Ihnen vorbei." Ach herrje, welche Bekanntschaft hatte ich vergessen? „Es geht um eine Umfrage über die beliebtesten Radiosender und um die bekanntesten Fernsehzeitungen ...." Aha! Er plaudert munter weiter. „Ich möchte Ihnen gratis und unverbindlich ein Angebot unterbreiten, das Sie gar nicht abschlagen können!"

Ich schaffe es, während er Luft holt, ihm gratis und unverbindlich zu erklären, dass aus diesem Plauderstündchen nichts wird und beleidigt legt er auf.

Ich wende mich wieder meinem Krimi zu. Aber aus dem Weiterlesen wird nichts. Während mein Held durch das Gebüsch der schönen Eifel kriecht, klingelt das Telefon wieder.

Diesmal eine sympathische junge Frauenstimme. Sie redet so herzlich auf mich ein, als wären wir uns schon hundertmal begegnet.

„Schon Feierabend? Ich störe doch hoffentlich nicht, oder doch? Dann rufe ich gerne noch einmal an. Das ist ja ein schreckliches Wetter heute ..." Fieberhaft versuche ich, die fröhliche Stimme zu identifizieren. Eine vergessene Klassenkameradin vielleicht?

„Hören Sie, hör' doch mal ..." versuche ich den Redeschwall zu unterbrechen, doch die Ausführungen über das schlechte Wetter und wie schön es doch wäre, wenn man jetzt draußen sitzen könnte, fließen so unvermindert wie der Regen draußen.

Auf einmal fragt sie, wie weit wir denn mit der Planung unseres Wintergartens wären. Ich habe überhaupt keine Ahnung, wovon diese Frau eigentlich spricht und will ihr gerade sagen, dass sie ganz bestimmt die falsche Nummer gewählt habe. Sie lässt mich nicht.

Und endlich kommt diese Frau zur Sache.
„Wir können Ihnen heute das absolute Vorzugsangebot unterbreiten. Wir schicken Ihnen eine DVD und das entsprechende Prospekt- und Informationsmaterial."

„Hören Sie, ich will keine DVD, ich lese lieber!"
„Doch" erklärt mir diese Frau Barbara, „diesen Film brauchen Sie! Wir senden ihn nur an ausgesuchte Kunden; dieser Film trägt den Titel „Unser wunderbarer Wintergarten!"
„Oh nein, bitte nicht!" flehe ich ins Telefon.
Ich sehe schon, was da kommt. Die DVD mit den Unterlagen passt nicht durch den Briefkastenschlitz, also finde ich eine rote Karte von der Post. Und da da nicht drauf steht, von wem die Sendung kommt, rase ich vielleicht am kurzen Samstag zum Postamt, um diese blöden Werbeunterlagen abzuholen.

Ich bin zu der fröhlichen Frau am Telefon grundehrlich. Ich bitte Sie, von Ihrem Angebot Abstand zu nehmen, da wir keinen DVD-Player besitzen (was natürlich gelogen ist). „Macht doch nichts", tröstet mich Frau Barbara. „Sie haben doch sicher Freunde....."
„Jetzt ist es aber gut, meine Freunde wollen keine Werbefilme sehen, sie wollen mich besuchen, wir wollen miteinander plaudern."

Die flötensüße Stimme wird ärgerlich. „Ja, wenn das so ist, wir respektieren natürlich die Wünsche unserer Kunden. Natürlich senden wir Ihnen keine DVD mit den entsprechenden Prospekten zu." Und provozierend fährt sie fort: „Sie sind heute vielleicht nur etwas abgespannt. Überlegen Sie es sich, in 14 Tagen rufe ich wieder an."

34

Der Fremde

Es war fast zehn und immer noch drückend heiß. Die Dunkelheit hatte keine Kühlung gebracht. Dumpfer Donner rollte in der Ferne, aber von Blitz, Mond und Sternen war nichts zu sehen. Marie zündete sich eine Zigarette an und blickte auf die glimmende Glut. „Allein in diesem großen Haus" dachte sie. Robert befand sich immer noch auf dieser lästigen Besprechung mit den ausländischen Gesprächspartnern. „Es kann spät werden, mein Herz", mit diesen Worten hatte er sich verabschiedet. „Vielleicht muss ich die Herren noch zu einem Drink einladen." Marie kannte das und fühlte sich oft schrecklich einsam.

Vor einigen Monaten hatten sie dieses wunderschöne alte Landhaus mit dem riesigen Grundstück gekauft. Sie liebte die mächtigen, knorrigen Bäume rund ums Haus und das grünlich schimmernde Wasser des Baches. Vor allem aber schätzten sie beide diese friedliche Ruhe.

Die junge Frau ging hinüber zur Musikanlage, legte eine CD ein und kuschelte sich in die breiten Polster des Sofas. Leise Musik durchzog den Raum, sie griff zum Rotweinglas und schloss die Augen.

„Somewhere over the rainbow", sie summte die Melodie mit. Der große, dreiarmige Leuchter auf dem Tisch mit den dicken Kerzen spendete einen matten Lichtschein, der ihre braunen Locken leuchten ließ.

Ein heftiger Windstoß wirbelte die Gardine ins Zimmer. Rasch sprang sie auf und schloss das Fenster. Es war höchste Zeit, die ersten schweren Tropfen fielen klatschend auf die Steinfliesen der Terrasse. Ein Blitz tauchte das Zimmer in gleißendes Licht, unmittelbar darauf folgte ein heftiger Donnerschlag und fast gleichzeitig klingelte es an der Haustür.

Marie schrak zusammen, sie hatte gar kein Auto gehört. Hatte Robert die Haustürschlüssel vergessen? Als sie die Tür öffnete, starrte sie erschrocken auf den jungen Mann, der außer Atem vor ihr stand.

„Das Unwetter hat mich überrascht", er atmete tief durch. „Bitte, kann ich bei Ihnen warten, bis es vorüber ist?" Schweigend trat sie zur Seite, um ihn hereinzulassen.

Der Regen prasselte jetzt so stark herunter, dass man die Bank unter dem Kirschbaum nicht mehr erkennen konnte.

"Oh Himmel, was hat mich geritten, dass ich diesen Fremden hereinlasse?" Mit beiden Händen fuhr sie sich durchs Haar. „Wie komme ich jetzt aus dieser Situation wieder raus?" Ihre Gedanken rasten.

„Mögen Sie ein Glas Rotwein?" Sie deutete auf einen Sessel nahe dem Kamin. „Danke, gerne", antwortete der Mann und lächelte. Er hatte schwarze Haare, die ihm jetzt wirr ins Gesicht fielen. Quer über die rechte Wange zog sich eine Narbe, die die Ebenmäßigkeit seines schmalen Gesichts zerstörte, ein Gesicht, sehr männlich mit entschlossenem Kinn und dunklen, wachen Augen. Sie spürte, wie sie errötete und war froh über jeden Donnerschlag, weil sie fürchtete, der Mann könne das Klopfen ihres Herzens hören.

„Sie wohnen herrlich hier draußen", er sah sich aufmerksam um, „aber auch sehr einsam!" Marie nickte etwas beklommen, „ja ... ja, das stimmt ... aber mein Mann muss jeden Augenblick nach Hause kommen." Was sollte sie machen, wenn dieser Mann ein Einbrecher, Dieb, Vergewaltiger oder sogar ein Mörder war? Wie sieht ein Verbrecher aus? Sieht man ihm das an?" „Wenn er mich vergewaltigen wollte, dann hätte er das schon längst tun können."

„Die wildesten Gedanken beherrschten ihr Denken und sie spürte das unbändige Verlangen, aufzuspringen und wegzulaufen.

„Der Wein ist ausgezeichnet", behaglich hatte sich der Mann zurückgelehnt, „ich muss Sie um Verzeihung bitten, dass ich mich noch nicht vorgestellt habe — mein Name ist Müller, Herbert Müller. Sie wohnen wirklich schön hier."
Wieder sah er sich aufmerksam um.

„Meine Güte", dachte sie verzweifelt, „hoffentlich kommt Robert bald … ich sollte alle Wertsachen in Sicherheit bringen!"
Mit zitternden Fingern zündete sie sich eine Zigarette an. „Ich rauche entschieden zu viel … ich sollte es mir abgewöhnen …" Krampfhaft lächelte sie. „Mögen Sie vielleicht eine Tasse Kaffee?"
„Wenn ich erst auf dem Weg in die Küche bin", grübelte sie „könnte ich über den Weg auf die Straße laufen und Hilfe holen."

Es war noch immer sehr heiß im Zimmer, doch sie fror erbärmlich. Der Fremde sah sie forschend an und schüttelte den Kopf. „Nein, vielen Dank, ich will Ihnen keine Mühe machen." Er erhob sich und trat ans Fenster. „Das Gewitter zieht auch schon wieder ab."
Tatsächlich hörte man nur noch fernes Donnergrollen und auch der Regen hatte nachgelassen.

„Dann kann ich ja jetzt wieder gehen", meinte der junge Mann und wandte sich zur Tür.
Marie stand langsam auf. „Ich begleite Sie zur Tür", hauchte sie mit versagender Stimme, ihre Handflächen waren feucht.
Mit eiligen Schritten ging sie zur Haustür und öffnete sie.

„Vielen Dank für Ihre Gastfreundschaft", sagte er, als er an der jungen Frau vorbeiging.
Diese fuhr zusammen. „Oh ... bitte ... gern geschehen", stammelte sie.
„Vielleicht sehen wir uns mal wieder", er ergriff ihre Hand und dabei lächelte er verschmitzt.
„Am Sonntag?" fragend sah er sie an.
„Das darf doch nicht wahr sein", dachte Marie.
Hastig entzog sie ihm die Hand um sie auf dem Rücken zu verbergen.
„Nun, Sie kommen doch sicher am Sonntag in die Kirche?" Der Mann schmunzelte. „Ich bin nämlich der neue Pfarrer hier und halte dann meine erste Predigt hier im Ort."

Und nach einer kleinen Pause fügte er hinzu: "Wahrscheinlich spreche ich darüber, dass man nicht immer gleich das Schlechteste von seinen Mitmenschen denken soll!"

Wasser im Boot ...

„Wir haben Wasser im Boot".
Die Stimme meines Mannes klang ganz ruhig und
ich dachte zuerst, er würde wieder eine seiner
Scherze machen. Aber als ich ihn verstohlen von
der Seite ansah, da wusste ich, es war bitterer
Ernst. Seine Stirn zierten große Sorgenfalten und
seine Augenbrauen waren düster zusammengezo-
gen.
Ich sah mich um und tatsächlich... hinten, wo unsere Freunde saßen, stand das Wasser fast schon
bis zu ihren Knien.
Was war bisher geschehen?
Wir hatten Urlaub und waren unterwegs in Ma-
laysia, und zwar in Sarawak.

Sarawak und Sabah sind die östlichsten Staaten
Malaysias und liegen im Nordteil der Insel Borneo.
Sarawak, das ist Dschungel mit Dschungelpfaden,
Flüssen und verschiedenen Bergstämmen, die
heute noch mit ihren Traditionen und Lebens-
weisen dort in ihren Langhäusern an den Ufern der
Dschungelflüsse leben.

Und nur wer auf Flussläufen und Dschungelpfaden
in diese Wildnis vorzudringen wagt, lernt ein ganz
kleines bisschen von diesem Leben kennen.

Eine Winzigkeit dieser Lebensweise der Ibans wollten wir kennenlernen; mit einer Einladung des Dorfältesten zu einem Familienfest hatten wir die Möglichkeit, drei Tage dort zu verbringen.

Wir, eine Gruppe von sechs Personen mit Reiseleiter und einheimischem Führer, waren morgens gegen sieben Uhr aufgebrochen und ließen unser Camp zurück. Wir stiegen alle in ein Boot, was acht Personen mit kleinem Gepäck gerade so aufnahm. Wir hatten alles in unseren Rucksäcken dabei, obwohl Peter wie immer über das Wasser meckerte, was ich reichlich mitnahm.
Welch' ein Glück!
Unsere Stimmung war übermütig – wir waren die typischen Touristen, lauthals wurde erzählt, gelacht – was sollte schon passieren? Die Tour war ja organisiert!

Nach einigen Stunden wurden wir leiser, der Urwald dichter, die Geräusche intensiver. Riesige Baumstämme ragten aus dem Wasser, Felsbrocken versperrten uns oftmals die Weiterfahrt, so dass wir recht oft langsam jonglieren mussten. Unser kleines Boot kämpfte sich flussaufwärts.

Nach einer guten Stunde wurde das Wasser wieder tiefer, bekam eine grünliche Färbung, wurde ein ruhiger Fluss. Ein Eisvogel flog plötzlich vor uns auf, wir hielten den Atem an.

Plötzlich die Warnung: „Wasser im Boot!"

War das vielleicht auch organisiert? Ich bemerkte die Aufregung unseres Reiseleiters, seine Stimme war aufgeregt, er fuchtelte mit den Armen, als er mit unserem Einheimischen sprach.

Du lieber Himmel - soll ich hier etwa ins Wasser? Ich kann nicht besonders gut schwimmen, und wie geht es dann weiter?

Und dann ging alles sehr schnell ... das Wasser schoss geradezu an einer lecken Stelle im Boden herein, in Windeseile rissen wir unser Gebäck an uns und sprangen hinaus. Gott sei dank waren wir in der Nähe des Ufers, so dass wir — bis zu den Hüften patschnass — noch an Land konnten.

Unser Reiseleiter sah das alles sehr locker. „Hat jemand ein Handy dabei? Nein?" Er fand diesen Witz gut und lachte sogar noch darüber.

Also doch geplant? Oder nicht?

Unser Boot wurde — man glaubt es nicht — umgekippt, das Wasser lief heraus und der Reiseleiter erklärte, er werde sich mit diesem Boot zum nächsten Camp begeben und uns dann mit neuem Boot wieder abholen. „Keine Angst, das dauert nicht lange!" Er lächelte zuversichtlich, „ich bin in etwa zwei Stunden wieder da."

Da saßen wir nun. Sahen uns um und fanden das alles noch sehr unterhaltsam. Ein abgebrannter Holzstoß bekräftige unsere Meinung, dass hier häufiger Touristen stranden würden - also doch von der Reiseleitung geplant!

Wir suchten unsere Habseligkeiten zusammen und richteten uns ein, schauten auf die Uhr, es war um die Mittagszeit und brütend heiß. Ich packte mein Wasser aus, reichte es herum. Alle tranken reichlich. Peter inspizierte die Gegend. „Entfern' Dich bloß nicht so weit vom Lager", ich war schon sehr besorgt. „Wer weiß, was sich hier für Tiere rumtreiben." „Gibt es hier Krokodile?" das war Ute, die gerade dabei war, ihre Socken auszuwringen. „Quatsch, Krokodile gibt's doch hier nicht." „Wo sind wir denn eigentlich?" Eberhard suchte in dem Rucksack nach seiner Karte, die doch recht feucht geworden war und breitete sie vorsichtig auf einem dicken Baumstamm aus. Eine dicke schwarze Spinne mit langen Beinen fühlte sich gestört und huschte in ein Astloch.

„Also, wie ich das so sehe, könnten wir eigentlich zum nächsten Camp zu Fuß gehen, das scheint nicht allzu weit zu sein!" Er deutete mit dem Finger auf einen Punkt, hier müssten wir sein — Batang Lupar — oder heißt der Fluss hier so?" Wir hatten alle keine rechte Ahnung, waren aber immer noch guter Dinge. Die ganze Sache konnte ja nicht allzu lange dauern.

Es dauerte fünf Stunden!

Fünf endlose Stunden, in denen unsere Stimmung auf den Nullpunkt sank.

Hatte man uns vergessen?
Wir diskutierten bereits, wie wir denn hier im Dschungel übernachten sollten ... geplant war, die Nacht bei den Ibans zu verbringen. Also hatte auch niemand einen Schlafsack dabei.
Sollten wir uns doch alle gemeinsam zu Fuß auf den Weg machen? Dieser Plan wurde sehr schnell verworfen. Wir würden uns hoffnungslos verirren. Es blieb uns nichts anderes übrig. Wir mussten warten.
Es wurde dunkel und kalt!

Hatte es da im Dickicht geraschelt? Ich sah mich vorsichtig um. Krabbelten vielleicht schon tausende von Viechern auch mich zu?
Da — wieder dieses Rascheln — war es nicht lauter geworden? Ich starrte in die Dunkelheit.

Endlich hatte Toni mühsam mit einem Feuerzeug ein kleines Feuer entfacht. Aber damit wurde es auch nicht besser. Die Flammen warfen bizarre Schatten und wir wurden immer stiller.

Endlich hörten wir das Tuckern eines Bootes. Gott sei Dank — unser Reiseleiter tauchte auf. Keiner von uns sprach ein Wort, eilig bestiegen wir das Boot, nur weg von hier!
Ich werde niemals diese Fahrt vergessen. Rabenschwarze Nacht, nirgendwo auch nur ein Lichtschimmer, uns war kalt, die Klamotten klamm.

Kommen wir überhaupt nochmal irgendwo heil an? Überall sah ich Schatten, hörte seltsame Geräusche und sehnte mich nach einer warmen Dusche.

Das Boot lag bedenklich tief im geheimnisvoll schimmernden Wasser. Es schwappte auch bei voller Fahrt ins Boot, wir wurden nass bis auf die Haut.
Nach einer zweistündigen Fahrt durch die Dunkelheit des Dschungels sahen wir schließlich ein großes Feuer und wir erreichten ein kleines Camp an einem Stausee. Ohne dieses Feuer hätten wir das Camp nie gesehen.
Wir wurden mit einem scharfen Schnaps begrüßt und es gab auch tatsächlich eine Dusche mit lauwarmen Wasser.
Aber Appetit hatten wir keinen — war das alles wirklich organisiert?
Hätte das nicht ganz schön schiefgehen können?
Müsste man sich nicht viel besser vorbereiten?
Uns ging eine Menge durch den Kopf.

Eine Woche später — wir lagen am Strand — bekamen wir eine einheimische Zeitung in die Hände.
Die Überschrift verstanden wir sofort „ Riesiges Krokodil tötete Iban-Bauer und seinen Sohn, die im Fluss badeten ..." und der Ort kam uns merkwürdig bekannt vor.

Sommerschlussverkauf

„Heute ist Sommerschlußverkauf ", voller Begeisterung stand meine Schwester vor mir und strahlte über das ganze Gesicht, „da kann man bestimmt in Euskirchen jede Menge Schnäppchen machen! Geh' doch mit!" Meinen skeptischen Gesichtsausdruck schien sie gar nicht zu sehen.

Ach Du liebe Zeit ... Sommerschlussverkauf ..... Vor meinem geistigen Auge sah ich Menschenmassen vor verschlossenen Türen, die sich dann rennend, drückend und schiebend in die Geschäfte wälzten. Sah Wühltische mit Mengen von Waren total durcheinander. Sah endlose Schlangen vor den Kassen und Gedränge vor Umkleidekabinen. An die Luft, die bei diesen Aktionen knapp wurde, mochte ich gar nicht erst denken. „Muss das denn sein?" Es nutzte nichts – wer meine Schwester kennt, der weiß: Widerspruch ist absolut zwecklos!

Das Wetter war ausnahmsweise mal großartig und ich hätte lieber im Café gesessen, ein Eis gegessen und den Leuten zugeschaut. Aber nichts war!

Wir landeten an einem Schuhgeschäft.
„Oh — schau' mal, da gibt es ganz reizende Kinderschuhe! Carrie (6 Jahre) braucht unbedingt ein Paar Hausschuhe. Die letzten hat der Hund zerkaut!"

Eine ältere Dame wühlte auf dem Tisch, in der einen Hand hielt sie eine blaue Sandale, die andere Hand wühlte das Unterste zu Oberst. Ihre weißen Löckchen wippten aufgeregt hin und her, energisch wischte sie sie aus dem hochroten Gesicht. „Die sind süß!" Meine Schwester hielt freudestrahlend einen roten Hausschuh mit blauen Punkten hoch, „jetzt müssen wir nur noch den Zweiten finden." Oh nein!
Was macht man nicht alles — jetzt wühlte ich auch schon verzweifelt in dem Wust von Sandalen, Turnschuhen, Hausschuhen und — was war das denn? Ach ja, Socken waren auch dabei.
Aber man meinte es gut mit mir — dachte ich, denn ich hatte ziemlich schnell den zweiten Schuh gefunden; triumphierend hielt ich ihn hoch. „Welche Größe?" Meine Schwester winkte ab, als ich ihr „30" zurief. „Wir brauchen 31".

„Ich brauche auch 31!" Die junge Frau am anderen Ende des Tisches sah uns herausfordernd an. „Ach bitte, geben Sie mir Ihren Hausschuh, einen hab' ich schon." Aha, da war also der Zweite.
Wenn ich nun gedacht hatte, das in meinen Augen

kleine Problem würde sich sehr schnell lösen, dann hatte ich mich gründlich geirrt. Keiner der beiden Frauen war bereit, IHREN einen Hausschuh herzugeben. Im Gegenteil — meine Schwester kämpfte verbissen und sie hatte die tollsten Geschichten parat. „Ich habe drei kleine Kinder (wieso das? Hat sie den Hund mitgezählt?), mein Mann verdient nicht so viel, wir müssen jeden Cent dreimal umdrehen, Schuhe sind doch so schrecklich teuer, die können wir uns kaum leisten. Kinder wachsen doch so schnell aus allem heraus." Flehend sah sie die Frau an: „Ach bitte, geben Sie mir doch den Schuh!" Vorsichtig schielte ich auf den Preis. War er das ganze Theater wert? Ich zupfte meiner Schwester am Ärmel.

„Los komm, die Schühchen kosten noch nicht mal 8 Euro, bist Du eigentlich noch zu retten? Was erzählst Du denn da?" Aber sie ließ sich nicht beirren und ich ergriff die Flucht.

Eine halbe Stunde später trafen wir uns in der Eisdiele. Sie lachte Tränen. „Das hat richtig Spaß gemacht" und dabei schwenkte sie eine Tüte.

Gestern habe ich mit meiner Nichte telefoniert. Sie erzählte mir, dass sie neue Hausschühchen habe. „Aber Tante Gudrun, es ist zu blöd, der Rechte drückt ganz fürchterlich!" Auf meine Frage, welche Größe sie denn habe, antwortete sie: „Links hab' ich 31 und rechts 30!"

Finchen geht nach Amerika

Seit Finchen ihren kleinen Bruder Tobi bekommen hat, kann sie ihren Eltern nichts mehr Recht machen. Alles ist verkehrt, immer nörgelt man an ihr herum. In dem kleinen Mädchen wächst eine gewaltige Wut.

Und eines Tages ist es ihr dann wirklich genug, sie überlegt lange und dann sprudelt es heftig aus ihr heraus:
„Mir reicht`s jetzt. Ich will weit weg von euch. Ich gehe nach — nach Amerika!"
Papa sieht die Fünfjährige an und fragt dann ganz erstaunt:
„Jetzt gleich?"
„Jetzt gleich", antwortet Finchen mit Nachdruck und stampft für alle Fälle noch ein bisschen mit dem Fuß auf.
"Aber Josefine!" ruft die Mutter entsetzt.
„Was sollen wir bloß ohne dich tun, wenn du fort bist?" Und sinnend fügt sie hinzu: „Amerika ist sehr, sehr weit weg ..."
„Das ist mir egal", trotzt Finchen.
Sollen sich Mama und Papa doch die Augen ausweinen, wenn sie erst fort ist.
Und frech setzt Finchen noch eins drauf:
„Ich bin froh, wenn ich den blöden Tobi nicht mehr sehen muss!"

Papa runzelt die Stirn. Gleich wird er losschimpfen... Aber nein. Er hat nur nachgedacht.

„Aber Finchen, wenn Du solch eine lange Reise unternehmen willst, musst du den Reiserucksack packen!"
Und schon läuft er — trapp, trapp — in den Speicher hoch und kommt mit Finchens Kindergarten-Wander-Rucksack zurück.
Den Rucksack packen?
"Papa macht doch nicht Ernst?" denkt Finchen.
Schon rappelt die alte Brotmaschine, und Papa bestreicht zwei Brote mit Butter. Er öffnet den Kühlschrank, guckt sehr wichtigtuerisch hinein und schaut dann Finchen an.
„Willst du Salami oder lieber Leberwurst auf's Hasenbrot? Oder lieber Käse?"
Finchen schluckt und sagt dann gepresst: „Lieber Salami."
Mama bringt eine warme Wolljacke, die Schirmmütze und den gelben Regenmantel.
„Falls in Amerika schlechtes Wetter ist." Papa legt alles ordentlich zusammen und stopft es in den Rucksack ...
Die Eltern meinen es wirklich ernst!
Denn Papa hebt gerade eine Flasche mit Finchens Lieblingslimo hoch und sagt: „Du wirst sicher durstig auf der langen Fahrt.
Übrigens — wie reist du denn? Mit dem Schiff oder mit dem Flugzeug?"

"Flugzeug", sagt Finchen ganz schnell und murmelt dann bockig:
„Dann bin ich ganz schnell ganz weit weg."
„Oh je", jammert Papa. Er holt die Geldbörse aus der Hosentasche und zählt Finchen ein paar Münzen vor.
„Das wird teuer!"
Und als der kleine Tobi zu schreien anfängt, laufen er und Mama nicht gleich zum Stubenwagen.

Papa hängt Finchen den Rucksack an den Rücken. Mama holt Wasti, den Schlafbären, herbei. Beide schieben ihr Kind zur Haustür hinaus und rufen: „Viel Glück in Amerika!" und „Schick uns mal eine Karte!"
„Klapp" macht die breite Tür.
Da steht Finchen nun ganz allein mit ihrem Bärchen und weiß nicht, was sie jetzt tun soll.

Der Himmel ist schon fast dunkel, es weht ein heftiger Wind und auf der Straße ist kein Mensch zu sehen.
„Ich weiß gar nicht, wo Amerika ist", denkt Finchen.
„Und – und ich hab' bestimmt nicht genug Geld. Und – und überhaupt: Ich hab`s doch nicht ernst gemeint ..."

Im Nu rennt Finchen zurück zur Haustür und trommelt mit ihren kleinen Händchen ganz wild gegen das Holz.
„Aufmachen!" schreit Finchen.

„Mama! Papa! Aufmachen!
— So macht doch auf!"
Die Tür gibt schnell nach, und Klein-Finchen mitsamt Rucksack rollt in den Flur vor Papas große Füße.

„Aber Finchen. Hast du Dir das mit der Reise noch einmal überlegt?" tut Papa ganz erstaunt.
Finchen will ihre Angst nicht zugeben.
„Ich wollte ja. Aber der Wasti macht nicht mit", schummelt sie ein bisschen.
„Ach so", meint Papa, und seine Stimme klingt erleichtert.
„Da bin ich aber froh, dass ihr Beide nun doch bei uns bleibt!"
Und Mama ruft aus der Küche: „Finchen! Willst du Tobi die Flasche geben?"
Und ob Finchen das will!
Sie wirft Rucksack und Wasti auf den Sessel im Wohnzimmer und stürzt zur Mutter. Diese drückt ihr Mädchen ganz fest an sich.
Im Nu sitzt Finchen auf der Fensterbank. Mutter legt ihr den hungrigen kleinen Bruder in den Arm und reicht ihr die Flasche. Erst trinkt Tobi gierig und glucksend. Aber bald fängt er an zu trödeln und staunt seine große Schwester aus großen Augen an. Dann stupst er Finchen mit seiner kleinen Hand vorsichtig ins Gesicht.

Finchen seufzt tief auf. Sie ist sehr froh, dass sie nicht nach Amerika gereist ist.

Der erste Tag nach dem Urlaub

Lampenfieber überfällt mich im Auto auf dem Weg ins Büro.
Ist auch alles glatt gegangen? Hab' ich alle Termine für die letzten drei Wochen in den Kalender eingetragen? Ist die Wiedervorlage bearbeitet worden? Hoffentlich sind die neuen Pflanzen im Sitzungsraum nicht vergammelt.

Bin ich wirklich drei Wochen im Urlaub gewesen? Auf einer Insel mit 30 Grad im Schatten, fort vom PC, von den Kolleginnen und Kollegen und drei Wochen ohne ihn – den Chef.
Kaum vorstellbar!

Um 08:00 Uhr das vertraute Bild. Ein langer Flur mit vielen Türen.
Es ist Montagsstimmung.
Gelangweilte und müde Gesichter. Von dem Einen ein „Hallo", vom Anderen ein lahmes „Guten Morgen – auch wieder da?"

Vor meinem Büro kommt auch schon der erste Tiefschlag: „Ach, wieder da? Waren Sie krank?"
Nicht einmal ein „Guten Morgen" registriere ich, während ich erschrocken zum Spiegel eile.
Au weh, sehe ich wirklich so schlecht aus?

Auf einmal steht er im Raum.

Der Mann im ewig grauen Anzug, mit der Ton-in-Ton-Krawatte und dem dezenten Rasierwasser. Er blickt mich kurz an, rückt seine Brille zurecht: „Guten Morgen, wie geht's?"
Er wartet die Antwort gar nicht erst ab und verschwindet gleich in seinem Allerheiligsten.

Gleich darauf tönt seine Stimme von der Tür her: „Machen Sie mir einen Kaffee?"
Ich bin schon an der Tür auf dem Weg zur Küche, da ruft er zurück: „Oder nein, doch lieber eine Tasse Tee ... oder nein, doch lieber Kaffee. Und dann brauche ich die Unterlagen der letzen Teamleitersitzung – geht das gleich? .... Warum bimmelt denn das so lange?"
„Das Telefon, ich ..."
„Dann gehen Sie doch ran, und denken Sie an die Akte!"
Ich greife zum Hörer. „Hallo, ich wollte nur mal hören, ob Du gut angekommen bist – ich drehe mich jetzt noch mal um ..." Auch das noch!
„Bitte sei mir nicht böse, aber ich kann nicht ..."

Kann er mich mit seiner tollen Stimmung nicht verschonen, denke ich wütend.
„Schon gut, schon gut, ich leg' wieder auf. Du bist wieder mittendrin."
Rums, der Hörer fliegt auf die Gabel. Himmel, jetzt ist der liebe Ehemann auch noch beleidigt.

Im Laufschritt eile ich in die angrenzende Küche, um endlich den gewünschten Kaffee zu brühen und rase wieder zurück ins Büro. Die Schranktür geht nicht auf. Ich betrachte den Schlüssel und versuche es erneut. Es geht wieder nicht. Mit Gewalt versuche ich diese blöde Tür zu öffnen.

„Langsam, langsam" ... meine Kollegin steht hinter mir und strahlt mich an. „Es ging am Freitag alles ein bisschen schnell, ich habe auch die Ablage hineingetan."

Na endlich! Die Tür springt auf und jede Menge Blätter flattern auf den Boden. Petra geht in die Knie und schiebt die Seiten zusammen. „War's schön im Urlaub?" „Später – ich brauche dringend die Akte der letzten Teamleitersitzung!"

Ein fieberhaftes Suchen beginnt. „Den Vorgang hab' ich am Freitag noch gesehen!" „Und wo ist er jetzt?" „Ach, ich weiß, sie ist bei mir." „Wer?" „Die Akte – ich konnte sie nicht mehr in den Schrank kriegen."

Eine Tasse Kaffee in den Händen, die Unterlagen der letzten Sitzung unter dem Arm, ein frisches Lächeln auf den Lippen und insgesamt eine positive Einstellung, so betrete ich sein Büro.

„Na, das hat ja doch etwas länger gedauert." Er blättert in der Akte und schaut kurz auf. „Übrigens ... schön, dass Sie wieder da sind."

Mal ehrlich, ist mein Beruf nicht wunderbar?

"Mahlzeit ..."

Trotz aller Eile und Geschäftigkeit in unserem Alltag finden wir immer noch gerade so viel Zeit, unseren Mitmenschen bei Begegnungen einen Gruß zuzurufen.

Das lassen wir uns als höfliche Menschen nicht nehmen, auch wenn wir Kurzformen wie „Morj'n", „Maazeit" oder n'Aamt" verwenden. Ach ja, das Letztere soll eigentlich „Guten Abend" heißen.

An der Kürze des Grußes kann der andere den Grad unseres Beschäftigseins ablesen.

Eine Ausnahme bilden lediglich die Bewohner der südlich des „Weißwurstäquators" gelegenen Landesteile. Sie ignorieren die Tageszeiten und grüßen konstant mit „Grüß Gott!"

Das enthebt sie des Problems, die jeweiligen Tageszeiten in den Gruß mit einzubinden und der damit nicht einfachen Entscheidung „Ist noch Morgen oder ist schon Tag?"

Wir Deutschen haben einige recht originelle Grußformeln entwickelt. Das fängt morgens schon an. Da ist zum Beispiel der Straßenverkehr, der besonders zu Zeiten des Berufsverkehrs zu typischen Verhaltensweisen anregt.

Es scheint in der Natur vieler Kraftfahrzeugfahrer und auch Kraftfahrzeugfahrerinnen zu liegen, die Verkehrserziehung mit der Hupe zu betreiben. Mimisch Begabte wenden zusätzlich eine Grußform an, die im Ausland als der „Neue Deutsche Gruß" bezeichnet wird.

Bei diesem Gruß wird mit dem Zeigefinder an die Stirn getippt, mit dem Kopf geschüttelt und die Augen verdreht.

Sind dann schließlich die Berufsverkehr- und Parkplatzprobleme für diesen Morgen gelöst, ist man wieder freundlicher gestimmt und auch mal bereit freundlich „Guten Morgen" zu sagen. Bei den ganz Eiligen hört sich das so ähnlich wie „Morj'n" an.

Ist endlich die Zeit des Morgengrußes vorbei, hat der berufstätige Deutsche sofort einen anderen originellen Gruß bereit. Zwischen elf Uhr fünfzehn und fünfzehn Uhr lässt jeder, der einen Raum betritt oder verlässt, sein „Mahlzeit" erschallen.

Wer ein zünftiger Arbeitnehmer ist, mag auch im Urlaub nicht auf diese lieb gewordene Grußformel verzichten und schmettert sie seinen Mitmenschen auch im Hotel und am Strand entgegen.

Von einigen Ausländern befragt, was dieser Gruß zu bedeuten habe, hatte ich einige Mühe, ihn zu erklären.

Dieser Gruß wurde früher als „gesegnete Mahlzeit" nur bei Tisch ausgesprochen und war somit dort auch sehr sinnvoll. Als Kurzform „Mahlzeit" im Treppenhaus oder auf der Toilette angewendet, verliert er aber jeden Sinn.
Aber dessen ungeachtet - das Ergebnis war, dass mir im Urlaub um die Mittagszeit mir ein begeistertes „meal-time" entgegen schallte.

Ist das nicht schön, wenn die Menschen für einander stets einen freundlichen Gruß parat haben?
In San Francisco sind wir mit dem Fahrstuhl in den zwölften Stock gefahren. Jeder, der zustieg und ausstieg hatte ein freundschaftliches „Hello", „Hi", „bye" oder „see you" für seine Mitmenschen übrig.
Bis wir in dann in unserem Zimmer ankamen, hatten wir schätzungsweise 60 mal einen Gruß ausgesprochen.
— Na, wenn das nichts ist!

Von Feiglingen, die gar keine sind ...

„Feigling!!"
Es kam wie aus der Pistole geschossen – und ich hatte mir überhaupt nichts dabei gedacht. Hätte ich gewusst, welche Folgen meine unbedachte Äußerung hatte – oh je, oh je, ganz bestimmt hätte ich zumindest vorher mal überlegt.

Was war passiert?

Es war einer dieser wunderschönen Abende in der Adventszeit, in den Straßen leuchteten schon die Weihnachtsdekorationen, viele Fenster waren festlich geschmückt. Überall sah man kleine Weihnachtsbäume und bunte Kugeln. Leider fehlte noch der Schnee, aber trotzdem, wir waren in einer vorweihnachtlichen Stimmung, dachten an gemütliche Abende bei Kerzenschein und leiser Musik.

Aus dieser Stimmung heraus hatte Peter die Idee „wir gehen mal wieder ganz toll essen!"

Gesagt, getan, unsere Freunde waren auch sofort einverstanden und so sollte es ein vorzüglicher Abend werden, in einem der besten Restaurants ganz in unserer Nähe.

Unser elegant und edel gedeckter Tisch stand nahe am großen Kamin, die Flammen flackerten und warfen ein warmes Licht in den Raum. Als ich mich zurücklehnte und in die Speisekarte schaute, da war in mir nur ein stilles Genießen und die Vorfreude auf einen tollen Schlemmerabend. Und so war es dann auch.

Der Kellner – ach' nein, er war schon ein „Herr Oberkellner" servierte nicht nur – er kredenzte - Filetspitzen mit jungem frischen Gemüse. Er wirkte steif wie ein Brett, und ich fragte mich ernsthaft, ob er nicht wirklich einen Zollstock verschluckt hatte.

Er verzog keine Miene, war allgegenwärtig um sofort einzugreifen, wenn ein Glas leer wurde. Er wirkte wie eine graue Eminenz, hatte uns immer im Auge, erkundigte sich nach unseren Wünschen und zeigte sich sehr besorgt, was unser Wohlergehen anbetraf.

Wir schlemmten, wir genossen und fühlten uns sauwohl. Unser Freund nahm einen Schluck Wein, betupfte seinen Mund mit der Serviette, seine Zunge fuhr genüsslich zwischen seinen Lippen hin und her. Er seufzte. „Ach, es war großartig – einfach fantastisch. Das war so gut, ich könnte glatt den Teller ablecken!"

„Feigling!"

Das Wort stand im Raum, er sah mich an. Sagte kein Wort. Wir hielten alle den Atem an.

Bedächtig, ganz bedächtig hob er den Teller an, sah sich um.

Er wird doch wohl nicht?

Warum tut sich jetzt nicht der Boden auf?

Nein — er macht es nicht!

Aber - oh doch — er tat es!! Seine Zunge fuhr aus dem Mund, er schloss die Augen und genüsslich und langsam fuhr die Zunge von unten nach oben über den Teller.

Fassungslos saßen wir da, die Münder geöffnet und wir sahen ihn mit riesigen Augen an. Ich weiß auch gar nicht mehr, was ich in diesem Moment dachte, ich hatte das Gefühl, ich träume.

Und genau in diesem Augenblick fiel klirrend der Eislöffel, den seine Frau noch in der Hand hielt, auf den Eisteller. Er holte uns alle in die Wirklichkeit zurück. Denn ohne ein Wort stand sie auf, ging stocksteif auf die Garderobe zu, schlüpfte in den Mantel und verließ das Restaurant.

Herr Oberkellner hatte natürlich die ganze Darbietung mitbekommen. Sein Gesicht zeigte keinerlei Reaktion. Im Gegenteil, er hatte uns kurz betrachtet und sich dann höflich und dezent zur Seite gedreht.

Es ist allen wohl klar, dass wir sehr schweigsam und ein wenig beklommen unser Essen bezahlten.

Beim Verlassen stand "Herr Oberkellner" an der Türe, öffnete sie für uns, wobei er sich leicht verbeugte.

„Auf Wiedersehen – es hat mich sehr gefreut, dass es Ihnen bei uns so gut geschmeckt hat."

Liebe Schwiegermama ...

Es ist immer gut, wenn man sich als Schwiegertochter um ein gutes Verhältnis zur Schwiegermutter bemüht, sie ab und zu auch mal alleine besucht, zum Kaffeetrinken und zum Schwatzen. Schließlich hat man ihr ja den Sohn weggeheiratet, und das ist sicherlich nicht einfach für sie.

Also, man bemühe sich, eine liebe und hilfsbereite Schwiegertochter zu sein, dann freut sie sich bestimmt. Dachte ich - und ich hatte recht.

Vorige Woche rief sie mich an, ich solle doch mal bei ihr vorbeischauen, schließlich hätte sie mich lange nicht gesehen und sie würde gerne einen Kaffee mit mir trinken.

Also machte ich mich noch am gleichen Tag auf den Weg, und das waren immerhin 40 km in sengender Hitze, die ich im Auto zurückzulegen hatte. In der Höhe von Weilerswist steckte ich gnadenlos im Stau und ich hatte den Verdacht, dass alle Welt ins Phantasialand fahren würde.

Ich brauchte für die 40 km fast 45 Minuten.

Vorwurfsvoll wurde ich empfangen:
„Wo bleibst Du denn?"
Dann ergriff sie mich. „Magst Du einen Kaffee?"
Nach meinem „ja, gerne" ließ sie sich in einen ge-
mütlichen Sessel fallen, „dann mach' doch schon
mal, ich muss zuerst noch Bärbel Schäfer zu Ende
gucken."
Wer ist Bärbel Schäfer?

Nachdem ich dann die Kaffeemaschine ange-
schmissen, den Tisch gedeckt und auch noch ein
bisschen Gebäck gefunden hatte, wurde es noch
ein ganz netter Nachmittag.

Sie erzählte mir, daß irgendein Arztroman nicht
mehr gedruckt würde und sie das unmöglich fän-
de. Was kann man denn überhaupt jetzt noch
lesen?

Ihre Beine seien ja auch nicht mehr so fit, sie
könne kaum noch laufen, bis zum Briefkasten, das
schaffe sie noch. Und auf den Balkon könne man
sich nun gar nicht mehr setzen, da würde sie
ständig beobachtet, also .... ein schwerer Seufzer
folgte.
„Ach Kind, wollen wir denn nicht mal in die Eifel
fahren, die Gegend ist da so schön?" Ich stimmte
dem mit einem Kopfnicken zu, zu einer Antwort
kam ich nicht.
„Wir brauchen nicht auszusteigen, nur die Gegend
gucken, laufen ist mir doch viel zu anstrengend."

Eine Antwort darauf schaffte ich nicht.

Mir wurde dann berichtet, dass der Nachbar von gegenüber eine neue Freundin habe, die aber viel zu jung für ihn wäre. Ständig parke sie ihr Auto vor ihrem Haus, dauernd wären die Parkplätze voll und überhaupt die ganzen Autos, die durch die Straße fahren, seien die wahren Luftverpester!

Ich holte tief Luft, wollte sagen, dass sie doch gar keinen Parkplatz brauchen, denn schließlich hätten sie doch kein Auto, aber leider blieb es nur beim Luftholen.

Und dann die Kids, die immer so laut das Radio aufdrehen, man könne den Sprecher im Fernsehen gar nicht verstehen. "Und aus diesem Grund muss auch ich den Ton so laut aufdrehen - fürcherlich!"

„Ich muss unbedingt einkaufen!" Dieser Befehl ließ mich dann aufschrecken. Und voller Angst dachte ich an das letzte Einkaufschaos.
Eine riesige Einkaufsliste, endlos, als würde morgen der Krieg ausbrechen.
Die 20 Dosen Büchsenmilch und 15 Dosen Erbsen mit Möhren waren noch harmlos.

Auch der zweite Einkaufskorb war kaum mehr zu schieben und als ich den jungen Mann mit den drei Dosen Cola und der Packung Salzstangen vorließ, bekam ich fürchterlichen Ärger.

Der Gedanke an die eine Packung Pudding, die sie an der Kasse verzweifelt suchte und die Schlange anderer Kunden, die ihrem Unmut freien Lauf ließen, ließ mich erschauern.

Vorsichtig schielte ich auf die Uhr. Wann konnte ich wieder nach Hause? War das Thema „einkaufen" erledigt? Ja, das war es wohl. Gerade erzählte sie mir, dass sie sich wirklich darüber freue, dass ich sie besuche und dass wir uns viel zu selten sehen. Na bitte!

Beim Abschied drückte sie mich fest an sich und sagte freudestrahlend:
„Das war mal ein richtig schöner Nachmittag - Du solltest wirklich öfter zum Schwatzen kommen."

Der 90. Geburtstag
... und seine Folgen

Wenn bei uns in der Eifel jemand das besondere Alter von 80 Jahren erreicht oder noch älter wird, dann wird das meistens immer recht tüchtig gefeiert. Und so war das auch bei Ohm (= Onkel) Hein.
Er wurde 90!

An einem Donnerstag mitten im Sommer war sein besonderer Geburtstag und das ganze Dorf war mit Mann und Maus vertreten. Schließlich gehörte Hein zu den Ältesten und damit auch zu den bekanntesten Persönlichkeiten des Dorfes.

Er selbst wollte ja keine große Feier, aber wie das so ist, er hatte an diesem Tag nichts zu sagen. Die Kinder hatten alles vorbereitet und er durfte, nein, er musste, sich feiern lassen. Alles Widersprechen und Lamentieren nutzte ihm nichts. Und so ergab er sich dem, was auf ihn zukam.

Die Feuerwehr war vertreten und natürlich auch der Gesangverein des kleinen Ortes.
Da standen sie nun, sangen aus voller Kehle und als dann noch „Am Brunnen vor dem Tore" zum Besten gegeben wurde, musste sich Tante Liesel eine kleine Träne aus den Augen wischen.

Es war aber auch zu schön ....

Unser Freund Dieter ist ein gesangfreudiges Mit-
glied des örtlichen Gesangvereins und da er keine
Probe auslässt und auch sonst immer fleißig bei
allen Festlichkeiten mitsingt, ist seine Stimme
nicht zu überhören.

Und nicht nur das ... er ist beliebt, weil er alle Lie-
der mit seiner ganz besonders treffenden Mimik
dokumentiert.

So auch an diesem Festtag.

Ohm Hein war begeistert.

„Mensch, Jungs, das habt Ihr gut gemacht.
Darauf trinken wir erst mal ein Schnäpschen!" „Na
ja", dache unser Freund, „eins kannst Du trinken,
da passiert noch nicht viel, es wärmt die Seele und
die Stimme ölt es auch!"

So war es dann auch. Ein fröhliches Liedchen, ein
kleines Schnäpschen – und weil man ja bekanntlich
auf einem Bein nicht stehen kann, kamen doch
auch noch einige dazu.

Die Gesellschaft wurde immer lustiger. Dieter war
mittendrin. Es wurde gesungen, getanzt, gelacht
und gesüffelt - und Opa Hein freute sich mächtig.

Nach etwa vier Stunden ausgelassener Stimmung
spürte unser Freund Dieter, dass er jetzt aber
wirklich genug hatte, er fühlte sich ein bisschen
schwindelig und die Gesellschaft verschwamm vor
seinen Augen.

„Es ist nicht so schlimm", dachte er, „es ist kurz nach Mittag, ich geh' nach Hause und leg' mich aufs Ohr. Ein Stündchen Schlaf wird mir gut tun, dann bin ich bald wieder fit."
Gesagt — getan.

Dieter kam heil zu Hause an, legte sich aufs Bett und schlief tief und fest ein und träumte vom runden Geburtstag, von dem Brunnen vor dem Tore, aus dem seltsamerweise Obstler vom Feinsten floss.
Plötzlich schrak er hoch.
Verschlafen rieb er sich die Augen und sein Blick fiel auf den Wecker neben seinem Bett. „Das gibt's doch nicht!" 6:30 Uhr zeigten die Ziffern. „Um Gottes Willen, ich habe verschlafen!"
Aus dem Bett springen, kurz duschen, anziehen, Kaffee? Nein — keine Zeit! Er flog förmlich über die Autobahn hin zu seiner Arbeitsstelle.
Was für ein Glück, dass er sofort einen Parkplatz fand.
„Ach du liebe Zeit — schon halb Acht!"
Er rannte am Pförtner vorbei, wollte rechts rum in sein Büro, als ihn eine donnernde Stimme zurück hielt.
„Halt! Wo willst Du hin?"
„Na ins Büro .... " weiter konnte er nichts mehr sagen, zumal ihm auch die Puste fehlte.
Der Pförtner schaute ihn stirnrunzelnd an. „Um halb Acht abends? — Wie wär's denn, wenn Du morgen früh wieder kommst?"

Mittendrin

Das Leben ist ein Abenteuer
und Du stehst mittendrin.
Schau Dich um und dann greif' zu:

eine Hand voll Glück
eine Portion Freude
ein großes Stück Vertrauen
ein Glas Zuversicht
und sehr viel Liebe

und das alles zubereitet
von Menschn, die Dich mögen.

Gabi will rauchen

Es war eine gemütliche Kaffeerunde gewesen. Sie saßen an dem großen runden Tisch, hatten den selbst gebackenen Apfelkuchen gegessen und Kaffee getrunken. Da saßen sie nun - Gabi, Hans und seine Eltern. Gabi war nervös, denn sie lernte heute ihre zukünftigen Schwiegereltern kennen.

Alles hätte gut gehen können, wenn Gabi nicht daneben getappt wäre. Jeder hatte noch Kaffee in der Tasse, alle blickten froh dem anderen ins zukünftige Verwandtenauge und dann sagte Gabi:

„Ja — jetzt hätte ich gerne eine Zigarette!"

Das hätte sie nicht sagen dürfen. Mutter knickte hörbar zusammen, und dann richtete sie sich hörbar wieder auf. Sie legte ihre Hand auf die Hand ihres Sohnes Hans.
Denn natürlich hatte der in die Tasche gefasst, wie man das in solchen Momenten, wo nach einer Zigarette verlangt wird, tut.
„Ich verstehe Dich nicht, mein Junge", sagte sie und ihr Blick war stählern.

„Wie bitte?" Sein Gesichtsausdruck war so harmlos wie der eines neugeborenen Kindes.

„Ich verstehe Dich nicht mein Junge, wie kannst Du nur so schwach sein. Statt ihr diese scheußliche Raucherei abzugewöhnen, unterstützt Du das auch noch!"

„Aber Mutter ...."

„Du gibst Dich dazu her, ihre Gesundheit zu ruinieren", fuhr Gabis zukünftige Schwiegermama ungerührt fort. Dabei zog sie gekonnt ihre linke Augenbraue hoch. „Weißt Du nicht, wie überaus schädlich das Rauchen – nicht nur für junge Frauen – ist?"

„Aber Mutter, warum soll ich ihr dieses kleine Vergnügen nicht gönnen?"

„Dieses kleine Vergnügen", fuhr sie entschlossen mit der Stimme eines Richters fort, „kostet nicht nur einen Haufen Geld, sondern es wird sie ins Grab bringen, ganz zu schweigen von der Luftverschmutzung. Darüber will ich gar nicht erst reden!"

Hans schwieg, denn es bringt nur Gefahren, mit der Mutter übers Rauchen zu diskutieren. Sie war nun mal strikt dagegen.

„Na ja", lenkte er ein, „was soll's, Vergnügen hin, Vergnügen her, ich wollte ja nur mal sehen, ob ich überhaupt Zigaretten dabei habe".

Er rührte in seiner Kaffeetasse, die längst leer war. Aber leider, ich hab' gar keine dabei."

Gabi zog einen Flunsch. „Keine Zigaretten", murmelte sie sehr enttäuscht.

Eine lange Pause entstand. Gleich gibt es einen lauten Knall und die Behaglichkeit ist dahin. Der zukünftige Schwiegerpapa schickte einen verzweifelten Blick in die Runde. Hans konnte nicht helfen und zuckte mit den Schultern.
Gabi sah in die Luft wie jemand, der genau weiß, dass dort nicht das Geringste zu sehen ist und gerade deshalb in die Luft sieht.

Schwiegermutter spielte, leise klirrend, mit ihrem Kaffeelöffel. Es klang wie das Klirren eines Armesünder-Glöckchens.

„Wie hartherzig die jungen Männer doch heutzutage sind", sagte sie leise als spräche sie mit dem Kaffeelöffel.
„Hast Du denn wirklich keine Zigaretten dabei?"

Bleibt nur noch zu erwähnen, dass alle später gemeinsam im Garten standen, Mutters herrliche Rosen bewunderten und sie für ihren gepflegten Garten lobten.
Papa rauchte dabei seine Pfeife und Gabi endlich ihre Zigarette.

Aug' in Aug' mit Old Buffalo

„Road closed" (Straße geschlossen).
„Das kann doch wohl nicht wahr sein", mein Mann
konnte es nicht fassen. „Jetzt sind wir fast 500 km gefahren und nun geht
es nicht weiter."
Ich schaute mich um. Wir befanden uns im Staat
Wyoming und wollten über die Grenze nach
Montana.

Die Gegend war traumhaft schön; eine wunderbare Bergwelt mit dichten Wäldern, tief und un-
durchdringlich und von einem satten Grün. Auf den
Gipfeln der Rocky Mountains, die wir nun seit
Stunden im Blick hatten, lag noch Schnee – und
das Ende Mai!!
Aber es war auch einsam, eine endlos erschei-
nende lange Straße, die sich durch die Berge
schlängelte und nicht enden wollte. Keine Men-
schenseele war uns in den letzten zwei Stunden
begegnet. Sind wir am Ende der Welt?

„Müssen wir wirklich zurückfahren?"
Mein Peter sah mich fragend an. Ich kramte in der
Tasche, zog eine Karte hervor und stieg aus dem
Auto und breitete die Karte auf der Motorhaube
aus.

„Ich hab' doch irgendwo eine Abzweigung gesehen", ich suchte meine Brille in den Taschen der Jacke, setzte sie auf und studierte die Karte.

Heftiger Wind zog auf, blähte die Karte auf, die ich schnell zusammenfaltete. Ich zog meine Jacke fester. Mir wurde auf einmal ungemütlich kalt und ich fröstelte. Der Himmel verdunkelte sich.

Vor uns zog ein Rudel Elche vorbei, langsam und friedlich überquerten sie die Straße, verschwanden aber dann sehr plötzlich im Wald. Der Wind wurde stärker, die Bäume bogen sich und dann setzte auch leichter Nieselregen ein. Wir verkrochen uns im Auto und ich grub in einer Tasche nach unseren Pullovern, die wir uns dann eiligst überzogen.

Es war alles grau in grau, der Regen wurde stärker, wir drehten um. Wir fuhren ungefähr 20 Minuten die lange, einsame Straße wieder zurück. Es regnete jetzt nicht mehr — es goss in Strömen, und der Regen steigerte sich unaufhaltsam von Minute zu Minute. Dann wurde der Regen zum Graupelschauer und ganz plötzlich waren wir mittendrin im tiefsten Winter.
Die Straße war schneebedeckt und eisglatt, dicke Schneeflocken wirbelten auf, bildeten eine dichte Wand. Unser Auto rutschte gefährlich in die falsche Richtung.
Es hatte keinen Zweck — wir mussten halten.

Da standen wir nun in der Hoffnung, das Wetter würde sich möglichst bald bessern. Zudem hielten wir auch Ausschau nach einer Abzweigung, die uns nach Montana führen würde. Aber bei diesem Wetter war es ganz unmöglich überhaupt weiter als 10 m zu schauen.
„Geduld, Geduld" brummte mein Mann, „das wird schon wieder."

Ein dunkler Schatten baute sich langsam vor uns auf. Ich wollte meinen Augen nicht trauen.
Ein mächtiger Bison!

Winzige kleine dunkle Augen schauten in unser Fenster, taxierten uns. Wir sahen uns an. Was hatte der Ranger in Cheyenne gesagt?
„Seien Sie vorsichtig, „Old Buffalo" sieht zwar groß, massig und träge aus, aber er ist gefährlich und dreimal so schnell als ein Mensch. Also gehen Sie diesen Tieren aus dem Weg!"
Aber was will man machen, wenn er uns nicht aus dem Weg geht?
Fasziniert schauten wir dem Tier zu, wie es bedächtig um unser Auto ging, schnaubte, und es sich dann, behäbig und gemütlich direkt vor unserem Wagen niederließ.

Ja, das war nun unsere Situation:
Mitten im Schneegestöber, auf eisglatter Straße, der Wind pfiff um das Auto und Freund Buffalo versperrte uns die Weiterfahrt. Und zudem war es auch noch ganz empfindlich kalt.

Aber mein Mann und ich, wir gerieten in dieser verhexten Situation ins Schwärmen und Staunen und erinnerten uns:

Der Bison war einst das große Geschenk Manitus an die Indianer. So glaubten die Indianer, dass in jedem Frühling aus einem Loch in der Erde unzählige Bisons hervorkämen, geschickt von dem großen Geist, um seine Kinder zu ernähren und zu kleiden.

Man hielt diese Tiere für unerschöpflich, bis der weiße Mann um 1880 so gut wie alle Millionen Bisons von der Prärie geschossen hatte. Nur wenige wilde Widerkäuer überlebten das Gemetzel. Aber bis heute haben sie sich wieder auf einige Tausend vermehrt und so wird das Geschenk des großen Manitu jetzt von den Weißen verwaltet, in den Parks, in denen sie weiden.

Wir rückten zusammen, kuschelten uns unter einer warmen Decke aneinander, erinnerten uns an den großen Indianer "Sitting Bull", an Ungerechtigkeiten, die diesem Volk zuteil wurden und betrachteten dieses riesige Tier, das die Indianer "Tatanka" nannten.

Nach mehr als einer guten Stunde — man glaubt es kaum — es wurde heller und die Sonne lugte ein kleines bisschen durch die Wolken, erhob sich unser Freund, warf uns einen letzten Blick zu und

entfernte sich dann so gemächlich wie er gekommen war.

Wir starteten den Wagen und setzten uns ganz
sachte in Bewegung. Wir fuhren noch keine fünf
Minuten durch den dicken Schnee, der auf der
endlosen Straße lag, als wir das Schild sahen:

"Welcome to Montana."

Lange nicht gesehen

Plötzlich, ganz unvermutet stand sie vor mir. Gerade noch hatte ich ins Schaufenster von CHRIST geschaut, als ich von ihr angestupst wurde und ihre Stimme hörte. Nach 12 Jahren.
„Bist Du es wirklich?
Ja - meine Güte - Gudrun, Du bist es!"
Sie strahlte mich an und ich freute mich riesig.

Freundinnen sind wir gewesen, ein ganzes Schülerleben lang. Freundinnen mit gleichen Gedanken, gleichen Ideen und Träumen. Gespräche haben wir geführt, tagelang, nächtelang. Verbunden waren wir, sind durch Dick und Dünn gegangen. Wie haben wir es nur so lange ausgehalten, uns nicht zu sehen?

Jutta lächelt, ich lächle.
Wir stehen da, in der Fußgängerzone.
Warum umarmen wir uns nicht in alter Herzlichkeit?
Warum sind meine Arme so steif?
Warum sagt keiner was von uns?
Habe ich mich so verändert?
„Gudrun", sagt sie zum zweiten Mal, „gut siehst Du aus."
„Du auch" antworte ich und meine es auch so.

Um etwas zu sagen und das Eis zu durchbrechen, lade ich sie ins Café ein. „Das ist eine gute Idee" lacht sie verschmitzt und legt den Arm kurz um meine Schultern. Die alte Vertrautheit - jetzt endlich müsste sie sich einstellen. Es ist doch Jutta, meine alte Freundin, mit der ich so viele Jahre alles geteilt habe.

Auch im Café stellt sich nichts ein. Sie sitzt vor mir, hat sich kaum verändert, scheint kaum älter geworden zu sein.

Warum knüpfen wir nicht an, wo wir damals unser Zusammensein unterbrochen haben? Ich sehe sie an, höre ihre Stimme, aber ich wäre lieber weit weg. Sie wirkt ganz locker und redet in einem Plauderton, als träfen wir uns täglich zum Kaffee, erzählt schon eine ganze Weile von Menschen, die wir einmal kannten, berichtet, was auch ihnen geworden ist, wer wen geheiratet hat, wie viele Kinder sie haben, wer ein Haus gebaut hat und wer seinem Ehepartner untreu ist.

Zu manchen Menschen taucht ein Gesicht aus der Erinnerung auf, mehr oder weniger vernebelt. Ich nicke, sage „ah ja" oder „na sowas" und „ausgerechnet die" - doch gleich darauf verschwimmen sie wieder,
Namen und Gesichter.
Ich höre ihre Stimme, ohne die Worte zu verstehen.

Plötzlich unterbricht sie ihren Redeschwall.

„Jetzt erzähl endlich mal was von Dir. Schließlich kommst Du viel herum und bist nicht in unserem Nest geblieben. Du musst doch viel zu erzählen haben."

„Viel erzählen? - So viel könnte ich ihr erzählen", denke ich, aber die Zeit ist viel zu knapp.
„Du müsstest zu mir kommen, damit wir alles nachholen können, was wir in den Jahren versäumt haben. Nie mehr dürfte die Zeit zwischen unseren Treffen mehr sein als ein oder zwei Wochen" denke ich bei mir.

Aber nichts Entscheidendes passiert. Ich sage ihr meine Gedanken nicht. Und sie lässt mir keine Zeit, weiter zu überlegen.

„Wie ist Dein Mann?" fragt sie mich.
„Erzähl doch mal .... bist Du glücklich?
Warum habt Ihr denn keine Kinder?"
Ich atme tief durch will erklären.
„Kinder sind doch das Wichtigste im Leben", redet sie weiter.
Ich suche nach Worten, doch sie hat schon den Widerspruch in meinem Gesicht gefunden.
„Vielleicht siehst Du das anders, weil Du keine hast - willst Du keine mehr?"

Herausfordernd schaut sie mich an.

„Aber na ja, wer so viel und oft in der Weltge-schichte rumgondelt wie Ihr, der hat wohl besser keine Kinder!"

Ich verabschiede mich schnell. Schließlich bin ich beruflich in der Stadt, habe noch eine Menge Termine.
„Wenn ich mehr Zeit habe, dann rufe ich Dich an!"
Lügen fiel mir schon immer schwer und ich spüre, dass ich rot werde.

Ein gestohlenes Auto oder
die Macht der Gewohnheit

Sicherlich ist es Ihnen auch schon passiert, dass Sie partout nicht mehr wissen, wo Sie Ihre Brille ab- oder den Schlüssel hingelegt haben. Oder man ist total überrascht, wenn man plötzlich die Marmelade in den Besenschrank stellen will. Keine Angst — das ist nichts Schlimmes!

Man kann immer mal was vergessen, weil es im Leben recht oft vorkommt, dass die Gedanken um andere Dinge kreisen, als gerade um die Marmelade, die man in der Hand hält oder die Brille, die wahrscheinlich auf der Nase sitzt.

Vor einigen Tagen meldete sich meine Arbeitskollegin dienstags morgens völlig aufgeregt telefonisch bei mir.
„Mein Auto ist weg! Es steht nicht mehr in der Garage ... weg, sag' ich Dir ...."
Sie holte tief Luft. „Ich kann's nicht glauben ... geklaut ... einfach so ... aus der Garage!"
Ja, was sagt man in diesem Moment?
Ich wusste es nicht.
Ich war schlichtweg sprachlos!
„Das gibt's doch gar nicht .... was mach' ich denn jetzt?" Sie konnte sich nicht beruhigen.

Meine Gedanken schlugen Purzelbäume.
„Du kannst nur die Polizei anrufen, oder..."
Ich konnte meinen Satz nicht zu Ende bringen.
„Also, ich rufe jetzt die Polizei an ... ich sag' Dir Bescheid, was es gegeben hat."
Es gelang mir nicht, meine aufgeregte Kollegin zu beruhigen.
Das war ja auch ein starkes Stück! Da wird einem das Auto aus der Garage geklaut und keiner kriegt was mit. Das gibt's doch nicht!

Meine Gedanken kreisten den ganzen Vormittag um diese Ungeheuerlichkeit. Ich hatte vor einiger Zeit gelesen, dass Einbrecher zuerst ins Haus einbrechen und die Autoschlüssel, die meistens am Schlüsselbrett hängen, entwenden und damit in aller Seelenruhe das Auto aus der Garage klauen.
Wo hatte ich eigentlich meine Autoschlüssel?

Natürlich hängen die auch einbrecher- und diebstahl-freundlich am Schlüsselbrett. Aber wo sollte ich sie verstecken? Ich hatte keine Ahnung. Ich wusste nur, dass morgens, wenn alles schnell gehen sollte, alle Dinge griffbereit und an seinem gewohnten Platz sein mussten, sonst war der Tag schon gelaufen.

Diese Gedanken gingen mir durch den Kopf, als die Tür aufging und meine Kollegin hereinstürmte.
„Und?"

Sie lachte mich an.

„Du wirst mir das jetzt alles nicht glauben .... mein Auto ist wieder da!"

„Wie?"

Ich muss wohl recht verdutzt geschaut haben, denn sie lachte wieder.

„Ich glaube, ich werde alt!"

Bei dieser Aussage musste ich dann doch meinen Kopf schütteln, denn schließlich ist sie erst Anfang dreißig, da redet man noch nicht übers Alter.

„Also"..., sie wischte sich die Lachtränen aus den Augen, „ich habe, bevor ich die Polizei angerufen habe, noch mal nachgedacht."

Aha!

Und dann erfuhr ich, was wirklich passiert war:

Am Montag morgen war sie ausnahmsweise mit dem Auto nach Euskirchen gefahren und hatte auf dem Parkplatz hinter dem Bahnhof geparkt. Montag nachmittag hatte sie dann die Macht der Gewohnheit eingeholt - sie ist in die Bahn eingestiegen, hat sich ganz entspannt zurückgelehnt und die Bahnfahrt nach Hause genossen.

Und so stand das Auto am Dienstag morgen immer noch auf dem Parkplatz hinter dem Bahnhof in Euskirchen — sie hat es einfach vergessen!

Nur 14 Tage ...

Es ist eine große Kaffeerunde, die Stimmung ist sehr fröhlich und ausgelassen. Alle lachen, scherzen und haben ihren Spaß. Zwei große Kuchen stehen auf dem bunt gedeckten Tisch, einer davon mit ganz vielen, kleinen bunten Kerzen, die hell leuchten.

Tante Emilia, die heute 75 wird, strahlt über das ganze Gesicht, schaut von einem zum anderen und freut sich riesig. „Kinder, ist das schön, dass ihr alle gekommen seid. Ihr habt mich doch nicht vergessen ..."
Da sitzt der alte, weißhaarige Pastor, er hat seinen Kragen geöffnet und nippt vorsichtig an seiner Tasse Kaffee. Sein Kopf ist hochrot und er wedelt sich immer wieder mit einem großen weißen Taschentuch Luft zu.
„Hochwürden, Sie dürfen aber auch nicht so viel Kaffee trinken, Ihr Blutdruck ist mit Sicherheit viel zu hoch. Ich weiß, was ich sage, ich war Jahre lang Krankenschwester im Marienhospital ..."
Das ist Hermine, sie ist schon über 90, aber immer noch topfit, wie sie sagt. Gestern hat sie noch im Garten gearbeitet und dieses schreckliche Unkraut aus den Beeten gerissen.

Sie liebt ihren kleinen Garten mit den vielen Beeten über alles und er muss immer ordentlich sein. Natürlich hat sie Tante Emilia auch einen bunten Strauss von Malven mitgebracht, selbst gepflückt, wie sie sagt.

„Hubert, kannst Du mir mal sagen, wo denn meine Vasen sind? Ich hatte immer so schöne weiße Porzellanvasen?"
Tante Emilia schüttelt bedauernd den Kopf mit ihren weißen Locken. „Ich werde die doch wohl nicht verschenkt haben?" Sie kraust ihre Stirn ... „aber nein, die sind ja zu Hause ... ich bin ja hier nur zur Erholung."

Hubert, ein älterer Herr, der am Tisch sitzt, als hätte er einen Zollstock verschluckt, räuspert sich. „Morgen kommen meine Kinder, die zwei Schwestern, sie besuchen mich. Wie heißen sie noch?"
Verzweifelt schaut er von einem zum anderen. „Ich vergesse so viel; es ist zum Haare-aus-raufen. Gestern musste ich doch wirklich überlegen, wie der Name meines Bruders war."

„Das ist nichts Schlimmes", Emilia lächelt ihn an. "Dein Bruder ist doch schon so lange tot, da kann man doch mal was vergessen. Und Namen konnte ich mir auch noch nie merken."
Sie tastet nach ihrer Tasse.

Meine Kinder können ja leider nicht kommen, sie sind in Urlaub. Deshalb bin ich ja auch hier." Traurig nippt sie am Kaffee. "Sie konnten noch nicht einmal an meinem Geburtstag kommen... aber sie brauchten so dringend mal Urlaub." Der Moment der Traurigkeit ist schnell verflogen. Sie schaut in die Runde. „In 14 Tagen bin ich wieder zu Hause, dann lade ich Euch alle ein, koche ich für uns Kaffee und backe auch wieder meinen Apfelkuchen."

In der anliegenden kleinen Küche mit den freundlich gemusterten Kacheln stehen zwei Frauen, die auf die muntere Gesellschaft blicken. „Ich muss unbedingt das große Beet im Garten wieder richten. Alle Blumen sind rausgerissen und Hermine hat versucht, alles umzugraben." Sie seufzt. „Der Herr Pastor hat in der Bibliothek alle Bücher ausgeräumt, weil er seine alte Bibel gesucht hat und sie nicht gefunden hat. Er wollte unbedingt für Emilia seine Predigt vom letzten Osterfest halten."

Die zweite Frau lächelt leise: „Ach, lass' es gut sein, sie sind so glücklich. Und wenn Emilia nächste Woche wieder in dieser Runde ihren Geburtstag feiert, dann backen wir auch wieder". Sie schaut ihre Kollegin ernst an. „Wer weiß denn, wie lange sie noch bewusst feiern kann?"

Typisch Fernsehen ...

Ist Ihnen schon mal aufgefallen, dass im Fernsehen sehr wenig ferngesehen wird? Menschen beim Fernsehen zuzuschauen ist nämlich ziemlich langweilig. Viel unterhaltsamer ist es, zuzusehen, wie gemeuchelt wird, am liebsten aber erschossen, weil das sehr schnell geht und es so aussieht, als täte es gar nicht weh.

Auch Fernsehkommissare sehen nie fern, und zwar aus dem einen Grund, weil sie bis spät in die Nacht im Büro anzutreffen sind — wenn sie nicht gerade die Hauptbelastungszeugin von eng sitzender Kleidung entlasten.
Das ist auch typisch Fernsehen: Die schnellen Schritte. Gerade haben sich die beiden noch bei einer Tasse Kaffee angelächelt, schon sieht man sie — Schnitt - die Laken zerwühlen. Schnitt: Ein Cognac danach.

„Und dann die Gespräche" seufzt Ulla, eine Bekannte.
„Denen fällt immer was ein, da gibt es keine peinlichen Pausen." Ganz anders als im täglichen Leben.
Ich bin überzeugt davon, dass viele depressive Stimmungen ihre Ursache im Vergleich zwischen der Wirklichkeit und dem Fernsehen finden.

Denn hierbei zieht die Wirklichkeit immer den Kürzeren.

Die meisten Männer sehen nicht aus wie Bratt Pitt oder Sylvester Stallone. Auch die Mehrheit der Frauen sind nicht so sexy wie die Jennifer Lopez oder wie die alle heißen.

Vor einigen Tagen traf ich eine Bekannte in der Stadt. Auf ihre Frage wie es mir so gehe, wartete sie gar nicht erst die Antwort ab, sondern erzählte mir völlig enthusiastisch von einem späten Krimi, der übrigens bis nach Mitternacht lief, in dem die Mörderin ihren Opfern immer den Mittelfinger der rechten Hand abgeschnitten habe. „Den hast Du doch bestimmt auch gesehen? War der nicht toll?"

Als ich angewidert den Kopf schüttelte, meinte sie: „Na, dann hast Du doch bestimmt die letzte Harald Schmidt-Show gesehen. Der Typ ist doch total abgefahren, meinst Du nicht auch?" Und als ich wieder verneinte, da guckte sie mich richtig mitleidig an. „Ja, was schaust Du Dir denn an? Serien?" Bedauernd musste ich erneut verneinen. Ihre Augen wurden kugelrund, sie zuckte mit den Schultern. „Also, mit Dir kann man sich ja gar nicht unterhalten." Sprach' s und weg war sie.

Wie war das eigentlich früher?

Bei uns zu Hause gab es noch lange Abendmahl-zeiten mit der ganzen Familie.
Meine Mutter strickte oder stickte.
Mein Vater las ein gutes Buch oder erzählte uns Kindern immer viele lustige Geschichten.
Junior konnte sich nicht einfach einen Bart stehen lassen, weil die Mitglieder der Familie sich noch ins Gesicht sahen.

Heute beschränkt sich das "normale" Familien-leben auf das gemeinsame Betrachten von „Gute Zeiten, schlechte Zeiten" (wenn überhaupt).
Danach verschwinden alle in ihre Zimmer zu den Zweit- und Drittgeräten.

Juniors Zungenpiercing fiel erst auf, als er sich in der Zahnspange seiner Freundin verhakte und der Notarzt gerufen werden mußte.

Panik im tunesischen Basar

Wo war mein Mann geblieben?
Gerade eben noch hatte ich ihn auf einen großen dicken Berber-Teppich aufmerksam gemacht. Nun war mein Mann verschwunden.
Meine Blicke irrten recht verzweifelt über den riesigen Kamelmarkt in Sousse.

Ich sah viele verschiedene Nationalitäten, dunkelhäutige Menschen mit fast schwarzen Augen, tief verschleierte Frauen, an der Hand kleine Kinder, wunderschöne Berber-Frauen, die mit stolz erhobenem Haupt durch die Menge schritten, schäbige Gestalten, die sich mit ihren Kamelen einen Weg durch die Menge bahnten, Händler, die laut schreiend ihre Waren anboten und natürlich auch Touristen, die versuchten, handelnd und feilschend das eine oder andere Andenken zu ergattern.
Sie alle drückten und schoben sich über den staubigen Markt.

Es herrschte eine unglaubliche Hitze, die Sonne stand flirrend am Himmel und meinte es mehr als gut. Schweiß rann mir den Rücken hinunter.
Die Enge war beängstigend, der Gestank, der mir an jeder Ecke anders entgegenströmte, ekelhaft und abstoßend.

Suchend hielt ich Ausschau nach meinem Mann, sein blaues Hemd, aber in dem bunten Durcheinander war er absolut nicht auszumachen.

Plötzlich legte sich eine dunkle Hand auf meinen Arm. Der Araber war jung und gepflegt, seine Haare ein wenig zu lang. Er trug europäische Kleidung, einen dunkelblauen Anzug mit hellen Nadelstreifen. Prüfend sah er mich an, betrachte mich abschätzend von oben bis unten. Dann sprach er mich an. Es waren für mich unverständliche Worte – ich verstand ihn nicht und schüttelte den Kopf. Dabei hob ich abwehrend meine Hände.

Erschrocken fuhr ich zusammen, als ich die Worte hörte:
„Du mitkommen."
Seine Stimme was süß, klebrig und ekelhaft, seine Augen wie Feuer. Seine Hand wanderte provozierend abwärts auf meine Hüfte.
„Ach du liebe Zeit! Was will er von mir?"
Ich geriet in Panik! „Nur fort von diesem grässlichen Menschen", das waren wohl meine einzigen Gedanken.

Ich quetschte mich durch die Menschenmenge, rempelte eine junge Frau mit langen Zöpfen an und entschuldigte mich hastig. Dabei sah ich mich immer wieder um.
Wurde ich verfolgt? Sollte ich gekidnappt werden?

Landete ich möglicherweise in einem Harem?

Mit diesen Gedanken im Kopf rannte ich einfach drauflos und erreichte schwer atmend nach einigen Minuten den Ribat, eine kleine Moschee mit Minarett und wusste nicht mehr weiter.

Der Ribat in der Altstadt von Sousse ist eine kleine Befestigungsanlage; sie ist immer einen Besuch wert. Alleine die Aussicht vom Turm des Ribats ist lohnenswert.

Ich hatte aber keinen Blick für diese Schönheit, es war Mittag, die Sonne brannte vom Himmel, ich war in Schweiß gebadet und jetzt war hier kein Mensch. Mittags ist die Anlage eigentlich geschlossen, aber heute war das Eingangstor nur angelehnt.

Zögernd stieß ich das alte, mit antiken Säulen geschmückte Tor auf und betrat den kleinen Innenhof.

Ein abgerissener alter Mann kam mir mit gebeugtem Rücken langsam, schlurfend entgegen.

Er murmelte den Singsang der Bettler, wie man ihn auf Märkten und Straßen hier immer wieder hört.

Ich suchte in meiner Tasche nach ein paar Münzen, die ich ihm dann in die ausgestreckten Hände drückte.

Er neigte seinen Kopf mit den langen weißen Haaren, hob danach schweigend beide Arme, als wolle er mich segnen.

Ich war allein, drückte mein Gesicht gegen die kalte, schmutzige Mauer, in meinen Augen brannten Tränen.

„Lieber Gott, bitte lass' mich hier nicht so allein, bitte ..."

Ich schloss meine Augen, die enorme Anspannung in mir wuchs, ich hatte das Gefühl, schreien zu müssen. Laut zu schreien, um mich von dem wahnsinnigen Druck im Innern zu befreien.

Unvermittelt spürte ich eine Bewegung hinter mir und ich riss meine Augen weit auf.

Mein Mann stand vor mir.

„Sag' mal, was machst Du denn hier?

Rennst wie ein geölter Blitz an mir vorbei, dass man Mühe hat, Dich einzuholen!"

Wir hier unten und die da oben

Also, da gibt es doch diese Werbung übers Bahnfahren, die uns erzählt, wie bequem, entspannend
und vor allem, wie preiswert das Fahren mit der
Eisenbahn sei.

Ich wollte es wissen und fuhr an einem ganz normalen Tag mit der Bahn nach Frankfurt.
Von Euskirchen klappte auch alles - pünktlich fuhr
die Bahn nach Köln. In Köln hatte der EC nur ein
ganz kleines bisschen Verspätung.
Im ersten Wagen gab es keinen einzigen Sitzplatz
mehr, der zweite Wagen war komplett reserviert
für eine Reisegesellschaft, im nächsten Wagen
waren alle Plätze von vorne bis hinten reserviert,
der Großraumwagen war auch voll.
Seltsamerweise war auch der Speisewagen voll
besetzt. Im nächsten Wagen standen die Leute
schon auf den Gängen oder saßen ungemütlich und
missmutig auf ihren Koffern.

Ich war auch ein wenig verstimmt und sprach den
Kontrolleur auf den reservierten Zug an.
„Ja", antwortete er mir, „früher, da hat man noch
10 % der Plätze freigehalten, heute wird alles
reserviert, das bringt mehr Geld. — Sie müssen
eben auch reservieren!"
Für eine einfache Fahrt nach Frankfurt?

Er wollte schon wieder gehen, drehte sich aber noch einmal um. „Es ist immer dasselbe. Ich bin leider hier nur der Kontrolleur", er seufzte laut auf, "auf uns hört da oben ja keiner."

„Wer ist denn da oben?" fragte ich und schaute zur Wagendecke (da ist natürlich keiner). Er gab mir aber keine Antwort mehr und kontrollierte weiter die Fahrkarten.

Ich blieb im Gang stehen und schaute aus dem Fenster. Die Fahrt war nicht langweilig, denn eine abwechslungsreiche Landschaft zog an mir vorbei und dabei schien auch noch die Sonne, was will man mehr?

„Ja, wir haben auch reserviert" ertönte eine nervöse Stimme hinter mir. Ein junges Ehepaar wollte an mir vorbei, beide zogen einen riesigen Koffer hinter sich her.
Ich quetschte mich an das Fenster und zog den Bauch ein. „Wir fahren nach Frankfurt und von da geht's endlich in den Urlaub!" Ich atmete wieder aus.

„Entschuldigung, dürfen wir mal vorbei?" Ein älteres Ehepaar drückte sich uns entgegen. Für mich hieß das wieder Luft anhalten, ans Fenster pressen und bloß nicht atmen.
Beide waren im bayrischen Landhausstil gekleidet, auf ihren blondierten Haaren thronte ein kleines grünes Hütchen mit Feder, was bei ihrem Sprechen recht lustig wippte.

Er war groß und kräftig, hatte schneeweißes kurz geschnittenes Haar und trug eine edle dunkelgrüne Trachtenjacke.

Die Beiden hatten kaum Gepäck dabei bis auf ein kleines Köfferchen, was für meine Begriffe gerade mal so für ein Wochenende gereicht hätte. „Sie machen sicher eine weite Reise?", die alte Dame wies fragend auf die beiden großen Koffer des jungen Paares.

„Ja, wir fliegen von Frankfurt nach Bangkok, von dort starten wir eine Rundreise durch den Norden des Landes."

„Und Sie? – Fahren Sie in die Berge?"

Der ältere Herr hob mühelos das kleine Köfferchen ins Gepäcknetz.

„Wir fliegen auch nach Bangkok, da bleiben wir drei Tage und fliegen dann weiter nach Hongkong, Danach geht's weiter nach Sydney und nach sechs Wochen über Singapur leider wieder nach Hause."

Die Antwort der jungen Leute war ein überraschtes „Oh" und ein fassungsloser Blick auf den kleinen Koffer.

Nach diesem "Small Talk" hatten sich die beiden Paare endlich in ihr Abteil hineingefummelt und ich schnappte nach Luft.

Als im Speisewagen ein Platz frei wurde, siedelte ich um und bestellte ein Gemüsegericht.

Der völlig überlastete Kellner stöhnte: „Wir haben viel zu wenig Personal, daher dauert es etwas länger."

Und genervt fügte er noch hinzu: „Beschweren Sie sich da oben."

Hilfe - wer ist denn das, der da oben?

Später, beim hastigen Abräumen des Geschirrs fragte er noch routinemäßig:

„Hat es Ihnen geschmeckt?"

„Nein", antwortete ich wahrheitsgemäß, denn es war Matschgemüse aus der Dose.

Raten Sie mal, was er geantwortet hat?

„Das hätte ich Ihnen vorher sagen können!"

Und warum hat er vorher nichts gesagt? Wahrscheinlich, weil die ihm „da oben" eins draufgegeben hätten.

Die da oben, wir hier unten. Und wir hier unten werden immer um Verständnis gebeten.

Soviel zum Bahnfahren.

Beim nächsten Mal fahre ich doch wieder mit meinem Auto.

Die "Teppensteigemaschine"

„Es ist wirklich nicht einfach abzunehmen".
Er schaute recht bekümmert d'rein.
„Die Waage zeigt mittlerweile 91 Kilo – ich bin bei meiner Größe von 1,78 m ein wirklich schwerer Junge!"
Junge?
„Zweiundvierzig bin ich nun schon, aber wie es scheint, bin ich längst noch nicht an die Grenzen meines Breitenwachstums angelangt. Das kommt daher, dass ich einfach zu wenig Bewegung habe", sinniert er.
„Täglich zwei Busfahrten zur und von der Arbeitsstelle und täglich zwei Fahrten mit dem Aufzug, das reicht einfach nicht zum Abnehmen."

„Was soll ich bloß tun? Unten auf der Straße auf und ab laufen, springen, Kugel stoßen? Etwa nebenan im Schwimmbad rumdümpeln?" Bloß nicht!
Ich hasse es wie die Pest, nass zu werden!
Fußball spielen – mit wem denn?" Er fuhr sich verzweifelt durch die Haare. "Elf Mann für eine Mannschaft kriege ich nie zusammen."

Als er uns eines Tages mitteilte, dass er nunmehr 98 Kilo wiege und sehr schlecht drauf sei, da tat er uns von Herzen so richtig leid.

Er müsse sich schon wieder eine neue Hose kaufen und könne sich nur noch vor dem Fernseher von seiner Qual ablenken. Das Gesundheitsjournal habe er sich angesehen.

Während es frisch und fröhlich auf und nieder wippte, hüpfte und federte, schwärmte ein junges, knackiges Mädel davon, dass Glück letztlich aus der Bewegung komme und dass es dafür nie zu spät sei.

Diese Sendung machte ihm neuen Mut. Auch er wollte nie mehr bewegungsarm wie eine tote Kirchenmaus sein. Doch wie schafft man das als arbeitender Mensch? Bis nachmittags um fünf war er im Büro. Danach musste er "Soko Wien", „Explosiv – Das Magazin", „Big Brother", „Wilde Engel" und natürlich „Stern-TV" gucken. Und an den Wochenenden regnet es bei uns ja leider immer.

Wenige Monate später rückte er in den Club der Zweizentnermänner auf, was ihn einerseits mit Stolz erfüllte. Andererseits beunruhigte es ihn sehr, dass er jetzt kaum noch in den Aufzug passte, wenn schon drei Leute drin waren.
Und weil er beunruhigt war, zerknüllte er den Werbeprospekt für Sportgeräte nicht, sondern las ihn aufmerksam beim abendlichen Bier durch.

Hochinteressant, was die Industrie einem bewegungshungrigen Mann so alles anbot.

Wunderbare Geräte!
Einen Trockenschwimmapparat, der 3.000 Euro kostet, wenn man sich mit dem Kraulschwimmen begnügt, aber stolze 4.999 Euro, wenn man auf alle Stilarten Wert legt.
Einen Golfsimulator mit 18 Löchern, der tatsächlich in die kleinste Besenkammer paßt.
Eine Treppensteigemaschine mit verstellbaren Stufen für nur 4.200 Euro.
Nur?
4.200 Euro waren viel Geld für ihn. Aber da er fest entschlossen war abzunehmen und endlich was für seine Gesundheit zu tun, bestellte er die Maschine vorerst mal zur unverbindlichen Ansicht. Für den Aufzug war sie leider zu groß und so schleppten vier starke Jungs sie in den vierten Stock.
Er packte sie nicht einmal aus.
Die Krankenkasse hatte ihm nämlich mitgeteilt, dass sie keinen Cent für das Trimmgerät zahle.
4.200 Euro aus der eigenen Tasche? Das war nicht drin.
Fitness und Bewegung, resignierte der verhinderte Sportler nach dieser deprimierenden Erfahrung, sind in dieser Gesellschaft eben doch nur was für Leute mit Geld.

Übrigens:
Mittlerweile wiegt er stolze 150 Kilo.
Die Treppensteigemaschine hat er kurz nach der Lieferung noch original verpackt zurückgegeben.

„Wo bitte, geht's nach Euskirchen?"

„Jetzt stell' Dich aber nicht so an — Du kannst ganz beruhigt was essen ... Du musst nicht auf dem trockenen Brot rumkauen!" Mein Mann schaute mich ganz beschwörend an. „Dir wird nicht schlecht!" Ich geb's ja zu — ich hatte ganz schön Bammel, denn ich stand vor dem ersten Flug meines Lebens in einer kleinen Sportmaschine. Mein Magen schlug Purzelbäume und meine Hände waren eiskalt, als ich unseren Piloten begrüßte. Er lächelte, als ich ihm erklärte, dass das mein erster Flug in so einer kleinen Maschine sei. „Ja dann müssen Sie unbedingt vorne sitzen. Als meine Co-Pilotin haben Sie eine Menge Arbeit." „Arbeit?" „Ja natürlich, sie müssen die Instrumente beobachten und — was ganz wichtig ist — den Luftraum! Es könnten uns Flieger entgegenkommen ... dann müssen Sie mich warnen, damit ich ausweichen kann." Ausweichen? Na Mahlzeit!

Wir befanden uns auf dem kleinen Flugplatz der Sportfluggruppe in Mendig und ich beäugte sehr interessiert die kleine Sport- und Reisemaschine mit vier Sitzen.

„Das ist eine „Morane" MS 893 E mit einem 4-Zylinder-Boxer-Motor" erklärte man uns. „Die hat immerhin 180 PS und fliegt 145 km in der Stunde."

Nach einem tiefen Einatmen und etwas steifem Einsteigen saß ich schließlich drin in der Maschine, hatte einen Kopfhörer auf dem Kopf und konnte mich über Mikrofon mit dem Piloten unterhalten. Ganz schön aufregend!

Wir rollten ganz langsam auf die Startbahn zu; während dessen erfolgten über Funk einige Anweisungen:
„Alles o.k. - Du kannst starten mit einer scharfen Linkskurve in Richtung Koblenz." Du kannst dann gleich weiter in Richtung Euskirchen?" „Wo liegt denn unser Haus? Links von Euskirchen?"

Da war wieder — dieses mulmige Gefühl im Magen. Wer weiß, wo wir landen? Ich sah besorgt zum Himmel. Hält sich das Wetter? Noch schien ja die Sonne, aber da hinten .... oh je ....dicke Wolken. Was ist, wenn es windig wird und regnet, wie sehr wackelt die Maschine dann?
Hoffentlich wird mir nicht schlecht!
Nach dem Checken der Instrumente starteten wir durch und nahmen Anlauf.
Sanft und ruhig hoben wir ab, dem Himmel entgegen. Eine scharfe Linkskurve und wir waren in der Luft in Richtung Koblenz.

Es war, als würde eine unsichtbare, große Hand uns langsam hochdrücken.

„Das ist die Thermik" erklärte man uns. Wir betrachteten die A 61 von oben, erblickten die Autobahnbrücken, von hier oben sahen die Autos wie winzige Stecknadelköpfe aus.

„So, jetzt müssen Sie mir helfen ... beobachten Sie bitte den Luftraum ... und dann wollen wir mal sehen, wie wir von Euskirchen aus weiter in die schöne Eifel kommen!"

„Ist Dir schlecht?"

Mein Mann tippte von hinten auf meine Schulter. Nein, mir war nicht schlecht, ich war einfach nur sprachlos.

Ein wundervolles Gefühl von Freiheit durchströmte mich, ich atmete ganz tief durch und genoss staunend den Ausblick auf Maria Laach.

Die Abtei Maria Laach ist eine Klosteranlage, die an der Südwestseite des Laacher Sees, etwa vier Kilometer nördlich von Mendig in der Eifel liegt.

Die Klosterkirche mit ihren sechs Türmen, das Laacher Münster, ist eine gewölbte Pfeilerbasilika mit prachtvollem Eingang, dem sogenannten Paradies und einem restaurierten Kreuzgang aus dem Anfang des 13. Jahrhunderts.

Zur Abtei gehören das so genannte „Klostergut", ein großes landwirtschaftliches Anwesen, das als Biobauernhof mit angeschlossenem Bioladen betrieben wird, der Laacher See, das renommierte

Seehotel, eine große Gärtnerei, ein Kunst-Verlag, eine Buchhandlung, verschiedene Handwerksbetriebe mit Ausbildung (beispielsweise Bronzegießerei, Kunstschmiede, Töpferei, Schreinerei, Elektrowerkstatt, dazu Landwirtschaft. Alles in allem ein grandioser Anblick. Wir hatten schon häufig Maria Laach besucht, aber endlich durfte ich das alles einmal aus luftiger Höhe sehen.

Dunkle Wolken lagen über dem Laacher See, er erinnerte mich an ein großes Auge in der Landschaft. Ein paar Tropfen Regen fielen auf die Scheibe und ich dachte an einen Krimi, den ich vor kurzem gesehen hatte.

Aber die Wolken verzogen sich schnell, nach einer sanften Kurve konnten wir die Steinbach-Talsperre erkennen.
Wir flogen über die Stadt Euskirchen in Richtung unseres Heimatortes. Spielzeuggleich lag das kleine Dörfchen unter uns.
„Wo ist denn unser Haus?"
Wir kniffen die Augen zusammen.
„Dort ist das Industriegebiet! Wahnsinn, wie groß es doch ist!"
„Ist Dir schlecht?" fragte mein Mann erneut, als der Pilot die Maschine in eine scharfe Rechtskurve legte, damit wir unser kleines Häuschen erkennen konnten.
Nein, schlecht war mir nicht, aber ich gebe zu, dass sich mein Magen ein kleines bisschen hob

und ich mich für einen Augenblick so komisch fühlte, als hätte ich Fisch mit Kirsch-Marmelade gegessen.

Der Rückflug verging dann leider wirklich so „wie im Flug" und als wir spät abends noch einmal zusammensaßen, den Tag begeistert Revue passieren ließen, da war mir sonnenklar, dass ich bald wieder in so eine Sportmaschine steigen und vielleicht mal von oben in die andere Richtung gucken würde — auch mit dem Gefühl von Fisch und Marmelade im Magen.

Hilfe - Einbrecher! Oder ?

Es war schon weit nach Mitternacht und ich hatte wunderbar tief und fest geschlafen, herrlich geträumt, als ich plötzlich durch ein komisches, für mich fremdes, Geräusch geweckt wurde.
Da war doch was - oder hatte ich mich geirrt?
Angestrengt lauschte ich.

Seit Tagen schon brauste ein stürmischer Wind über den Kreis Euskirchen hinweg. Und auch jetzt war wieder so eine stürmische Nacht; der Wind pfiff energisch um die Ecken des Hauses. In der Nachbarschaft bellte ein Hund. Sonst war nichts Außergewöhnliches zu hören.

Meine Augen gewöhnten sich langsam an die Dunkelheit des Schlafzimmers und ich blickte hinüber zur Balkontür.
Ein schmaler Lichtstreifen schimmerte durch die Vorhänge. Und dieser Lichtstreifen fiel geradewegs auf das friedlich schlafende Gesicht meines Mannes, der zusammengerollt neben mir lag und tief und regelmäßig atmete.
"Wieso hört er das denn nicht? Das gibt's doch gar nicht? "

Sollte ich aufstehen und nachsehen?
Oder sollte ich ihn zuerst einmal wecken?

108

Aber dann würde er sich wahrscheinlich königlich amüsieren, meinen, ich würde Gespenster sehen oder hören, aber was ja dann das Schlimmste wäre, ich hätte ihn wegen nichts und wieder nichts geweckt.

Langsam streckte ich mein rechtes Bein unter der Bettdecke hervor. Brr, wie ungemütlich. Schnell zog ich es wieder zurück. Müde, wie ich war, kuschelte ich mich wieder in die Bettdecke, drehte mich auf meine Schlafseite und beschloss, dass ich mich einfach nur getäuscht hatte.

Da! Da war es wieder!

Ein leises, kratzende Geräusch an der Hauswand direkt neben der Balkontür.

Einbrecher!!

Ich hatte mich also doch nicht getäuscht.

Stocksteif lag ich in meinem Bett, mir wurde ganz heiß, der Schweiß brach mir aus allen Poren und ich kann nicht behaupten, daß ich mich sonderlich behaglich fühlte.

„Peter", ich knuffte den Mann neben mir in die Seite, „Peter, Einbrecher - Du mußt jetzt sofort wach werden!"

Ein Brummen war die erste Reaktion.

„Du spinnst!" seine Antwort.

„Du hast bestimmt geträumt, schlaf' weiter."

Und mit diesen Worten drehte er sich schwungvoll zur Seite und war wieder fest eingeschlafen.

Draußen heulte der Sturm, es knackte in den Ritzen, mir war auf einmal eiskalt und ich überlegte krampfhaft, mit welchem Gegenstand ich dem Kerl eine überziehen konnte.

Leise, ganz leise, stand ich auf und tappte mit nackten Füßen hinüber zur Balkontür. Ich hielt den Atem an und lauschte. Nichts. „Was mach' ich bloß, wenn der Kerl jetzt auftaucht? Lieber Himmel, schrei' ich um Hilfe oder hau' ich ihm die Lampe über den Schädel? Der Überraschungseffekt ist auf meiner Seite", das waren so meine Gedanken, als ich jetzt ganz deutlich wieder dieses eigenartige Geräusch wahrnahm. Ein Kratzen oder Schaben, oder zumindest so ähnlich.

Und dann, ja dann überschlugen sich in einem rasanten Tempo die Geschehnisse.

Ich riss die Tür nach außen auf, stürzte wild entschlossen auf den Balkon, und genau in diesem Augenblick ...
fiel die große Leiter, die dort an der Wand gelehnt hatte, weil mein Mann gerade heute die Regenrinnen von Laub gesäubert hatte, und die wir vollkommen vergessen hatten, mit einem fürchterlichen Getöse auf das Garagendach.

Ja - und was lernen wir daraus?
Wir werden nie, nie wieder eine Leiter einbrecherfreundlich draußen stehen lassen.

Alle Jahre wieder oder
Einkauf mit Hindernissen

Es ist nichts Neues und nichts Besonderes, und es kommt daher auch oft vor, dass man das Einkaufen der Weihnachtsgeschenke gerne von einem Tag auf den anderen verschiebt. Und dass dies mir, besonders vor Weihnachten, von Jahr zu Jahr so geht, ist in meinem Bekanntenkreis nur allzu gut bekannt.

Aber in diesem Jahr hatte ich mir ganz fest vorgenommen und auch überall mitgeteilt, rechtzeitig mit dem Einkauf zu beginnen und als einfühlsamer und aufmerksamer Mensch vorher auch angefragt, wie denn so die Wunschlisten aussehen.

Es klappte auch ganz prima, wenn man Papa mal ausklammert, der nie Wünsche hat und auch jedes Jahr ganz lieb sagt: „Kind, du brauchst mir nichts schenken, ich bin glücklich, wenn du da bist."
Alles war geregelt, im Büro dem Chef Bescheid gesagt:
„Nachmittags hatte ich frei!"
Aber da war noch die Rede meines Chefs für die Personalversammlung am nächsten Tag, die unbedingt noch am gleichen Tag zum Überarbeiten auf seinem Schreibtisch liegen sollte.

Morgens um 10:00 Uhr fragte ich vorsichtig bei ihm an.

Freundlich lächelnd war die Antwort:

„Ja, einen Augenblick bitte, die Liste der zu versendenden Weihnachtskarten muss noch durchgegangen werden." Und das dauerte …

Meine Uhr zeigte schon 13:00 Uhr als ich endlich ein Band zum Tippen bekam. Nach drei Unterbrechungen und vier neuen mündlichen Änderungen stand die Rede fest.

Endlich waren unendlich viele Seiten gefüllt, mein Magen knurrte, der Blick auf die Uhr war erschreckend - 16:15 Uhr!

In Windeseile die Rede auf seinen Schreibtisch gelegt und dann bloß raus.

Die Euskirchener Innenstadt zeigte sich im Vorweihnachtsglanz. In den Schaufenstern funkelte die Weihnachtsdekoration, in dem kleinen Café an der Ecke hingen Tannenzweige, mit weißglitzerndem Schnee besprüht und goldenen Kugeln von der Decke.

Mein erster Weg war in eine Parfümerie. Ich prallte zurück.

Es war nicht voll, nein, hier war es eindeutig überfüllt. Als ich eigentlich schon den Rückzug antreten wollte, erwischte mich eine freundliche Verkäuferin, die mir sofort ihre Hilfe anbot.

Meine genaue Angabe über das Parfüm für meine Schwester führte aber zu nichts, denn mir wurde auf die rechte Hand "Joop" gesprüht, auf die linke ein intensiver Duft, der mich atemlos berauschte und mich nicht gerade glücklich machte. Ich war mittendrin in einer Wolke von verschiedenen aufregenden Düften.

Tief luftholend brachte ich meinen Wunsch an die Dame. Doch bedauernd schüttelte sie ihren Kopf mit den langen pechschwarzen Haaren, „oh, gerade dieser Duft wurde nachbestellt.
Könnten Sie vielleicht …."
Sie schaute auf die lange Schlange von Menschen an der Kasse …"morgen oder übermorgen …?"
Fluchtartig verließ ich das Geschäft und war froh, mich nicht an der Kasse einreihen zu müssen.

Auch der zweite Versuch, das entsprechende Geschenk für meine Schwiegermutter zu bekommen, war mehr als kompliziert. Der Verkäuferin verschlug es wohl bei meiner Ausstrahlung, oder wie man das auch nennen mag, den Atem. Schließlich bekommt man ja auch nicht jeden Tag zwei Nobelparfüms unter die Nase.
Auf jeden Fall gab ich bei der siebten Tischdecke genervt auf. Entweder war die Größe falsch, die Farbe unmöglich, der Stoff eine Katastrophe oder aber der Preis trieb mir den Schweiß auf die Stirn.

Es wurde immer später und ich hatte noch immer kein Geschenk. Auch der Besuch in der Bücherei entpuppte sich als der totale Flop.

Alle, aber auch alle Bücher, die auf der Wunschliste standen, mussten bestellt werden, eins war gar nicht mehr zu bekommen. Und auch die Versuche, mir eine andere, ähnliche Lektüre zu verkaufen, schlugen fehl.

Ich spürte nach drei Stunden gnadenlos meine Füße, mein Magen schlug Purzelbäume und meine Stimmung war gar nicht zu beschreiben. Und noch immer kein Weihnachtsgeschenk!

Tief deprimiert ging ich in die nächstbeste Bäckerei, ergatterte gerade noch ein Rosinenbrötchen und ging, das trockene Brötchen kauend, langsam in Richtung Bahnhof.

Jetzt werde ich wohl noch mal ganz von vorne anfangen müssen und wahrscheinlich wird sich zu den Vorjahren auch nichts verändern .. . es wird wieder mal alles auf den letzten Drücker besorgt.

„Bitte Brot"

Es ist sehr kalt geworden, Ein eisiger Wind pfeift Anfang Dezember durch die Innenstadt von Euskirchen. Überall in den Straßen glitzert und funkelt schon der Weihnachtsschmuck. Die Schaufenster sind festlich geschmückt und die Menschen hasten und eilen schwer bepackt durch die Straßen. Im Kaufhof an der Ecke wird leise „Stille Nacht, heilige Nacht" gespielt.

Ich habe es wie immer um diese Zeit eilig, die Mittagspause ist kurz und ich will schnell noch in die Bäckerei, abends schaffe ich das meistens nicht und die Auswahl an Brot lässt dann schon zu wünschen übrig.

Die junge Frau mit dem bunten Rock betritt langsam den Laden. Sie streicht mit ihren schmalen Händen durch langes schwarzes Haar und ihre großen, dunklen Augen schauen ängstlich auf drei junge Männer, die in der Ecke stehen und eine Tasse Kaffee trinken.
Ihr ist kalt, fröstelnd zieht sie eine verschlissene Jacke fest um ihre Schultern.
„Bitte Brot".
Sie hält zum Zeichen, dass sie bezahlen will, einen Fünf-Euro-Schein in der Hand.

Die Verkäuferin, eine ältere Dame, sucht im Regal einen großen Brotlaib aus und reicht ihn über die Theke. Die junge Frau murmelt „danken schön"; sie legt das Geld auf die Theke, deht sich um und will gehen. Die Verkäuferin nimmt den Schein und reicht ihn zurück. Die Ausländern schüttelt den Kopf. „Nein, nein, Du geben Brot, ich bezahlen. Danken schön".

Am nächsten Tag sehe ich sie wieder. Sie hält eine Tüte in der Hand und sagt: „bitte Brot". Die gleiche Verkäuferin holt ein großes Brot aus dem Regel, packt es in die Tüte und legt noch zwei Teilchen dazu. „Wieviel kosten?" „Drei Euro". Sie bezahlt, sagt „danken schön" und geht.

Einige Tage später ist sie wieder da und hat noch zwei Frauen dabei. Es ist schon fast dunkel. Sie stehen dicht gedrängt vor dem Schaufenster in eisiger Kälte, denn es hat gerade angefangen zu schneien, und warten, dass das Geschäft leer wird. Es sind nur noch drei Brote da und der Laden ist voll.

Die Verkäuferin nimmt ein Brot, wickelt es ein und drückt es einem kleinen Jungen in die Hand. „Da, bring' es heraus, damit sie vom Laden wegkommen." Eine Kundin reicht dem Kleinen eine Tüte. „Bitte gib das noch dazu."

Der Kleine läuft fix raus und drückt einer Frau die Waren in die Hand.

Sie senken verschämt die Köpfe zum Dank.

„Sind schon arme Luder", murmelt eine Kundin im Laden.

Die Frau geht und eine Neue kommt ohne Gruß in den Laden.

„Da kommen die hierher nach Deutschland, liegen uns auf der Tasche und klauen uns die Wäsche von der Leine. Man kann hier nirgends mehr hingehen, überall Ausländer und Penner, die betteln".

Vorwurfsvoll schaut sie in die Runde.

„Und dann", sie holt tief Luft, "dann kriegen sie auch noch was zugesteckt!"

Die Verkäuferin ist hochrot geworden, will etwas sagen, aber sie kommt nicht mehr dazu. Ohne ein weiteres Wort hat die Kundin den Laden verlassen.

Nachdenklich gehe ich auch, die Schneeflocken fallen leise zu Boden, die Weihnachtsbeleuchtung strahlt mich an. Bald ist Weihnachten und in den Kaufhäusern wird „Stille Nacht, heilige Nacht" gespielt.

Zeiten ändern sich

Es war noch früh am Morgen und über der Stadt lag ein sanfter Nebeldunst. In der vergangenen Nacht hatte es stark geregnet, die Luft roch frisch, die noch leeren Straßen lagen wie frisch gewaschen da. Das neue Jahr hatte gerade begonnen. In einigen Geschäften hingen noch mit Schnee besprühte Tannenzweige. So auch in dem kleinen Lokal an der Ecke, das bereits früh geöffnet hatte und auf einer großen Tafel Frühstück anbot.

Ein alter Mann mit einem schwarzen Anzug, der auch schon bessere Zeiten gesehen hatte, saß in einer Ecke des Raumes und lauschte der Musik, die irgendwo aus einem Radio kam. Die Klänge zogen leise durch den Raum als es, wie aus heiterem Himmel, laut klirrte.

„Vorne an der Tür scheint jemand die Scheibe eingeschlagen zu haben", sagte ein junger schlaksiger Bursche mit streichholzkurzen roten Haaren und erschreckend kalten blauen Augen.
„Man kann das große Loch im Fensterglas sehen. Schweine sind das. Nirgends ist man vor den Randale-Brüdern sicher."
„Das ist die Zeit", antwortete ein gepflegter Herr mittleren Alters.

„Was ist das nur für ein Staat, der bei der Bewältigung von wichtigen Jugendproblemen nicht mehr weiß, was er machen soll. Da ist ein luftleerer Raum, der dann explodiert. Ich denke nur an die Keilerei auf der Kirmes hier in der Stadt vor einigen Jahren. Du liebe Zeit!" Er atmete heftig.

„Darum geht es doch gar nicht", konterte der Jugendliche. Was wir brauchen, ist ein starker Staat, der diesen Ausuferungen der Gewalt mit Härte begegnet. Nicht immer nur dieses banale Geschwätz. Er ballte die Fäuste. „Aber denen geht es doch allen viel zu gut. Das ist purer Übermut und sonst nichts! Schaut Euch doch die Schmierereien im Bahnhof an. Frisch gestrichen, tags d'rauf wieder bematscht! Solchen Dingen kann man nur mit harten Bandagen beikommen!"

Jetzt betrat eine ältere, grauhaarige Frau mit Eimer und Besen den Raum. Sie starrte abwechselnd auf das junge Ehepaar, das nahe der Theke stand, noch bleich vor Schreck nach draußen blickte, auf den Mann hinter der Theke, dann auf den rothaarigen Typen und auf dem gutgekleideten Herrn.

Sie bewegte sich langsam schlurfend mit dem Eimer in der Hand zu der zerbrochenen Scheibe.

Die großen Glasstücke hob sie mühsam vom Boden auf; die kleinen Splitter kehrte sie rasch zusammen und schmiss sie in den Eimer, den sie danach in eine Ecke stellte.

Das Ehepaar verließ aufgeregt das Lokal.
Hierher kommen sie bestimmt nicht wieder.
Die Putzfrau ging bedächtig zu dem Mann an der Theke.
"Bitte leg' eine Kassette ein, wo ich mitsummen kann." Sie war ganz bleich.
„Fängt es wieder an?" fragte der Mann.
„Hat's denn jemals aufgehört?"
Sie schaute dem Ehepaar draußen auf der Straße nach.

Es fing an zu regnen, dicke Tropfen fielen auf den Asphalt und aus dem Radio klang „das kleine Lied vom Frieden".

Von guten Vorsätzen und kleinen Schwächen .....

Mal ehrlich ... nehmen Sie sich auch regelmäßig an Silvester einige Dinge für das neue Jahr vor? Ich spreche hier wirklich nur von guten Vorsätzen!

Also ich, ich nehme mir Jahr für Jahr immer wieder vor, nicht so viel Süßes zu essen und mich auch nicht dazu verführen zu lassen.

Aber da gibt es doch die kleinen feinen Schogetten — „Scho" wie Schokolade und wenn man die beiden „t" mit „s" ersetzt, dann ergibt sich daraus „gessen" wie „essen" oder „vergessen". Auf jeden Fall vergesse ich mich total, denn die Schogetten liegen beim „SPAR" direkt griffbereit, man muss sich nicht bücken und nicht strecken und ich beginne regelmäßig zu schwächeln, wenn ich im Laden daran vorbeigehen muss.

„Wir streichen die Schogetten vom Speiseplan!" Das war unser fester Vorsatz. Und ich nahm den Mund auch noch recht voll, indem ich im Brustton der Überzeugung sagte:
„Das schaffe ich! Na klar!"

Die erste Woche in neuen Jahr ging dann auch ganz glatt vorbei. Keiner von uns beiden hatte das Verlangen nach irgendetwas Süßem, geschweige denn nach Schokolade.

Aber das lag sicherlich daran, dass wir an den Feiertagen fürchterlich zugeschlagen hatten. Beide Mütter hatten uns nämlich ganz lieb eine große bunte Tüte zusammengepackt mit allerlei leckeren Naschereien.
Ach übrigens: Auch Schogetten waren dabei.
„Die esst ihr beide doch so gerne", hatte meine Mutti noch erwähnt.

Zu Beginn der zweiten Woche verschwand Peter häufiger in der Küche, jede Werbepause wurde genutzt.
Er wird doch wohl nicht?
Aber mir ging es ebenso, ein kleines Stückchen Schokolade ... aber nein, ich schloss die Schranktür schnell wieder.

Dieser blöde Fernseher − ein wirkliches garstiges Ding.
Da gab es „Mon Cherie", ein Küsschen für die guten Freunde, „Milka" zu abheben, diese komischen kleinen Nussdinger, die kleiner wirklich nicht sein dürfen und „Merci".
Na danke, ich glaub' ich geb' mir die Kugel.

Es wurde aber noch schlimmer − auch wenn die Glotze nicht lief, kreisten meine Gedanken nur um diese Tafel, die noch im Schrank lag.
Jetzt was Süßes!
Ich schielte zu meinem Mann hinüber.
Mensch ist der tapfer.

Aber trotzdem tigerten wir beide abwechselt und irgendwie heimlich in Richtung Küche, kamen aber immer mit leeren Händen zurück. Setzten uns wieder, standen wieder auf.

Kann Schokolade schlecht werden?
Sollten wir sie nicht doch essen?
Dann wäre ja endlich alles gut, neue Schokolade wird dann nicht mehr gekauft.

Es war nicht auszuhalten ... und es war vorhersehbar ... ich öffnete die Schranktür und schnappte mir diese blöde Tafel Schogetten. Sie war noch nicht angebrochen.
Oder doch?
Denn als ich die Folie öffnete, ging das ganz einfach. Die Packung war zur Hälfte leer, aber wieder einwandfrei zugemacht worden.
Ein kleiner Zettel fiel mir entgegen, darauf stand ganz säuberlich geschrieben:

„ICH konnte nicht widerstehen – und DU?"

Gudrun Vehlen

wurde 1954 in Grevenbroich geboren, wo sie ihre Kindheit und Jugendzeit verbrachte. Der Liebe wegen zog sie in ein kleines Eifeldorf, wo sie heute noch mit ihrem Mann lebt.

Das Schreiben von Kurzgeschichten und das Fotografieren betrachtet sie als Ausgleich zu ihrem beruflichen Alltag als Direktionssekretärin.

Sie veröffentlichte mehrere Kurzgeschichten und Gedichte in verschiedenen Zeitschriften und eine Zeitlang erschienen ihre Kurzgeschichten regelmäßig im "Wochenspiegel", einer Zeitung, die im Kreis Euskirchen wöchentlich herausgegeben wird.
Außerdem konnte sich sich über einen 1. Preis in einem Schreibwettbewerb freuen.